DER UNGEWÖHNLICHE HOCHZEITSSEGEN DES MILLIARDENSCHWEREN COWBOYS

McCoy Milliardärsbrüder, Buch Sieben

HOPE MOORE

Der Ungewöhnliche Hochzeitssegen Des
Milliardenschweren Cowboys
Copyright © 2021 Hope Moore

Der Ungewöhnliche Hochzeitssegen Des Milliardenschweren Cowboys

Er benötigt vorübergehend eine Frau, um sein Unternehmen und das Erbe seiner Eltern zu bewahren. Sie braucht Geld, um ihren Traum zu retten… wird eine ungewöhnliche Hochzeit ein Segen der Liebe sein?

Beck McCoy würde jeden Cent seines Erbes hergeben, wenn er dadurch seine Eltern zurückbekommen könnte, die bei einem Flugzeugabsturz ums Leben kamen, als er noch ein Junge war. Doch anstatt Angst davor zu haben, entwickelte er eine Liebe fürs Fliegen. Die ist seine Verbindung zu seinem Vater, der es ebenfalls liebte, durch den Himmel zu fliegen. Er liebt jeden Augenblick seiner Arbeit als Teilhaber eines privaten Jet-Charter-Unternehmens. Als sein Großvater verlangt, dass er eine Braut finden muss um nicht sein Erbe zu verlieren, das Erbe, das sein Vater und seine Mutter für ihn aufgebaut haben, ist Beck wütend, aber entschlossen, alles zu tun, was nötig ist. Er muss heiraten oder ganz von vorn anfangen – etwas, vor dem er keine Angst hat, aber der Gedanke daran, das Erbe seiner Eltern zu verlieren, lässt sein Herz schmerzen. Er braucht einen Plan und er braucht ihn schnell.

Mollie Mae Darling ist drauf und dran, alles zu verlieren. Zuerst ist ihr geliebter Großvater gestorben und nun hat sie auch noch erfahren, dass die Ranch, die sie liebt, bald der Bank gehören wird. In einem schicksalhaften Moment trifft sie einen gutaussehenden, mitfühlenden Cowboy und unerwartete Funken entzünden sich in ihrem schmerzenden Herzen. Doch als er ihr ein verrücktes Heiratsangebot macht, als Gegenleistung für das Geld, das sie braucht, um ihren Traum zu retten, ist sie misstrauisch.

Soll sie das tun?

Ihr Herz sagt Ja, doch das macht sein Angebot nur umso gefährlicher.

Ist dies der Segen, den sie schon so lange gebraucht hat?

Die McCoy Milliardärsbrüder-Serie… zwei milliardenschwere Brüder, die fest entschlossen sind, ihre Enkelkinder zu verheiraten… der eine tut das mit seinem Testament aus dem Grab heraus… gelingt es dem anderen, bevor es für ihn zu spät ist?

KAPITEL EINS

Beck McCoy saß an einem Tisch am Rande der Tanzfläche von Gruene Hall. Er ließ die Nostalgie, die vom historischen ältesten Tanzhaus in Texas ausging, auf sich wirken und spürte, wie ein Teil der Anspannung, die er den ganzen Tag über verspürt hatte, von ihm abfiel.

Er war an diesem Tag mit seinem Learjet nach Stonewall geflogen, um an der Hochzeitsfeier seiner Schwester Caroline teilzunehmen. Diese war bereits seit fast zwei Monaten verheiratet, doch bis zu diesem Tag hatte kein Empfang stattgefunden. Überrascht hatte er erfahren, dass sie und ihr Ehemann Jesse sich ineinander verliebt hatten und nun wirklich das Zustandekommen ihrer Ehe feierten; anders wäre es gewesen, wenn sie den Empfang direkt im Anschluss an ihre Eheschließung abgehalten hätten.

Wie sein Großvater das erneut bewerkstelligt

hatte, war Beck ein Rätsel.

Er war frustriert und hatte die Tanzhalle aufgesucht, um sich von seinen Gedanken an das Treffen, zu dem er sicher in naher Zukunft einberufen würde, abzulenken. Gute Musik und die Möglichkeit, sich mit fröhlichen Menschen zu umgeben, erschienen ihm deutlich angenehmer als die Vorstellung, allein in seinem Ranchhaus herumzusitzen.

Als junger Erwachsener hatte er einen Großteil seiner Wochenenden hier verbracht und berühmten Sängern gelauscht, die in die kleine Stadt Gruene gekommen waren, einschließlich des großartigen George Strait, der anfänglich hier in diesem Tanzsaal aufgetreten war. Die Band, die an diesem Abend spielte, war gut und entschädigte ihn für die knapp einstündige Fahrt von der Ranch hierher. Er ließ sich entspannt in seinen Stuhl sinken und beobachtete die Tanzenden, die zusammen einen Line Dance vollführten und dabei den Anschein erweckten, als ob es nicht die geringsten Probleme in ihrem Leben gäbe.

Nichts was er an diesem Abend von sich behaupten konnte.

Mit einem Mal fiel sein Blick auf eine hübsche Blondine, die ihn von einem Tisch am anderen Ende des Raums aus beobachtete. Die Tanzenden versperrten ihm die Sicht, doch dann änderte der Line

Dance die Richtung und er bemerkte, dass sie noch immer zu ihm herüberschaute.

Sie war hübsch. Während er einen Schluck trank, sah er, wie sie aufstand, ihren Rock glattstrich und um die Tanzenden herum zu laufen begann. Er fand, dass sie ein wenig nervös aussah. Sie war von durchschnittlicher Größe, ihr blondes Haar hob sich von der gebräunten Haut ab. Als er sie weiter beobachtete, fiel ihm auf, dass sie zu seinem Tisch gelaufen kam.

Interessant. Es war angenehm, mal an etwas anderes zu denken als an seine Probleme. Er setzte sein Getränk ab, schob einen Daumen in die Tasche seiner Jeans und beobachtete sie unter seinem schwarzen Stetson hervor, während sie sich durch die letzten Leute schlängelte.

Als sie näherkam, erweckte sie einen nun wirklich nervösen Eindruck. „Hallo." Ihre rauchige Stimme wies einen deutlich erkennbaren texanischen Einschlag auf, der zu ihrem Aussehen passte. „Ich bin Mollie Mae Darling, mir ist aufgefallen, dass du nicht tanzt. Ich habe mich gefragt, ob du vielleicht willst. Tanzen. Mit mir?"

Sie war hübsch und definitiv nervös, aber es war auch mutig von ihr, zu ihm herüberzukommen und ihn zum Tanzen aufzufordern, dachte er. So aufgeregt, wie

3

sie offenbar war, war es ihr sicher nicht leichtgefallen, auf einen Mann zuzugehen und ihn zu fragen, ob er mit ihr tanzen wolle.

Doch er fragte sich, warum ihre Wahl auf ihn gefallen war. Es standen noch andere Männer herum, die nicht tanzten. Ein rascher Blick verriet ihm, dass diese sich die gleiche Frage stellten, er sah, dass sie von mehreren Männern mit unverhohlenem Interesse gemustert wurde.

„Mollie Mae, schön, dich kennenzulernen. Ich heiße Beck." Seinen Nachnamen nannte er nicht. Das tat er heutzutage nur noch selten. Zu viele Frauen hatten sich nur aufgrund seines Nachnamens für ihn interessiert. „Ich hatte nicht vor, zu tanzen."

Unsicherheit machte sich in ihren hübschen blauen Augen breit. „Das ist okay. Ich bin ohnehin nicht hierhergekommen, um zu tanzen. Mir ging heute Abend viel im Kopf herum und ich wollte nicht allein sein. Du weißt schon, ein bisschen unbekümmerte Unterhaltung genießen, anderen dabei zusehen, wie sie zu guter Country-Musik tanzen."

Sofort fühlte er sich schlecht. „Da du nun schon den ganzen Weg hierhergelaufen bist, denke ich, dass ich doch ganz gern tanzen würde. Allerdings bin ich ein wenig neugierig, warum du mich ausgewählt hast, denn wie ich sehe, hast du einige Bewunderer, die sich wünschen, du hättest sie gewählt." Er deutete unauffällig zu den Männern, die sie beobachteten.

Sie drehte nicht einmal den Kopf. „Das weiß ich auch nicht genau, außer dass du so aussiehst, als könntest auch du ein wenig Ablenkung gebrauchen."

Genauso hatte er sicherlich ausgesehen. Doch das sagte er nicht. „Du findest also, dass ich gelangweilt aussehe?"

Sie lächelte, ein zaghaftes, schiefes Lächeln, das hübsche weiße Zähne offenbarte. „Du hast genauso nachdenklich ausgesehen, wie ich mich fühlte und ich dachte, dass es dich vielleicht von dem ablenken würde, woran du denkst."

Das Lied endete und die Band setzte zu einem neuen, langsameren Lied an. „Weißt du, vielleicht hast du recht. Was hältst du davon, wenn wir es versuchen und unser Gespräch auf der Tanzfläche fortsetzen?"

„Klingt perfekt. Ich hoffe, du hältst mich nicht für aufdringlich."

Er gluckste. „Ähm, ich würde das, was du getan hast, nicht unbedingt als aufdringlich bezeichnen. Du warst ausgesprochen höflich und ein wenig unschlüssig." Er streckte ihr seine Hand entgegen und sie legte ihre Hand in seine. Er führte sie auf die Tanzfläche und legte seine freie Hand um ihre Taille, dann zog er sie an sich, nahe, aber nicht zu nahe. Er wahrte einen gewissen Abstand zwischen ihrem Körper und seinem und doch war sie ihm nahe genug, um einen Hauch ihres zarten, nach Blumen duftenden Shampoos aufzufangen, als ihr blondes Haar ihn streifte. Er konnte sich kaum erinnern, wann ihn zuletzt etwas so sehr in Versuchung geführt hatte. Er atmete ein und zog sie näher zu sich, sodass sich ihre Körper berührten, nahe genug, aber ohne ihr zu nahe zu treten. Sie hatte recht gehabt; sie lenkte ihn in der Tat von seinen Sorgen ab.

Das Lied war ein waschechtes altes Country-Lied, ein Stück, das zu Ehren des verstorbenen, großen Kenny Rogers, gespielt wurde. „Lucille" war ein gutes Lied zum Tanzen. Außerdem war es eines der Lieblingslieder seines Großvaters. Er schob den Gedanken an seinen Großvater augenblicklich beiseite, denn er wollte in diesem Moment nicht an ihn denken. Nicht, wenn er diese hübsche, blauäugige Frau in den Armen hielt.

Sie sah ihm in die Augen, während sie sich gemeinsam im Takt der Musik bewegten. Sie war eine gute Tänzerin; sie ließ sich von ihm führen, doch als sie nun zu ihm aufblickte und er die Traurigkeit sah, die sich in ihre Augen geschlichen hatte, waren alle Gedanken an seinen Großvater wie fortgewischt.

„Stimmt etwas nicht?", fragte er.

Sie lächelte traurig. „Mein Großvater hat dieses Lied geliebt."

Okay, das kam ihm bekannt vor. „Wirklich? Ich habe auch gerade gedacht, dass mein Großvater dieses Lied liebt. Es ist gut."

Sie sah traurig aus. „Es wurde in ihrer Zeit geschrieben. Es passt irgendwie, dass sie sein Lied spielen. Insbesondere, weil es das erste Lied ist, zu dem ich heute Abend tanze. Er geht mir schon den ganzen Abend im Kopf herum".

Tanzend dirigierte er sie durch die Menge, problemlos ließ sie sich von ihm führen. „Du klingst traurig. Du meintest, dein Großvater hat es geliebt, Vergangenheitsform. Ist er gestorben?"

Sie sah erneut zu ihm auf. „Ja, vor vier Tagen. Er hat mich großgezogen, deswegen ist es schwer. Vielleicht wirkt es etwas komisch, dass ich hierhergekommen bin, gleich nachdem ich meinen Großvater verloren habe. Aber er liebte diesen Ort. Er kam als junger Mann oft hierher. Ich habe gedacht, dass es schön wäre, herzukommen und eine Weile hier herumzusitzen."

Ihre Trauer schmerzte ihn. „Dein Verlust tut mir leid. Mein Großvater ist als junger Mann auch immer hergekommen. Er lebt aber noch, zum Glück!" Schon beim Gedanken an den Tod seines Großvaters bekam er ein flaues Gefühl im Magen, sein Herz zog sich zusammen. Egal wie wütend er im Moment auch auf ihn war, der Gedanke daran, ihn zu verlieren, war unerträglich. Besonders wenn sie derart entzweit waren wie im Augenblick.

„Das ist ein Segen", sagte sie mit sanfter Stimme und aufrichtigem Blick.

Er dirigierte sie weiter durch die Menge und ließ seinen Blick schweifen. Der Gedanke daran, dass er und sein Großvater sich in dessen Alter aufgrund seiner exzentrischen Ideen voneinander entfernen könnten, war schwer zu ertragen. Und etwas, worüber Beck eigentlich nicht nachdenken wollte, aber er war gezwungen, sich dieser Möglichkeit zu stellen. Denn es bestand keine Hoffnung, dem drohenden Zwist aus dem Weg zu gehen. Weder würde sein Großvater einlenken noch er selbst.

Er befand sich in einer schwierigen Situation und hasste es, dass ihm sein Großvater keine Wahl ließ. Er hasste diesen Umstand mehr, als er jemals irgendetwas in seinem Leben gehasst hatte… nun ja, abgesehen von der Tatsache, dass seine Eltern bei einem Flugzeugabsturz ums Leben gekommen waren, als er noch klein gewesen war. Ja, das hatte er auch gehasst.

„Geht es dir gut?" Besorgt sah sie ihn an.

Ihre Frage riss ihn aus seinen Grübeleien. Er blieb

so abrupt stehen, dass sie mit ihm zusammenstieß. Er sah ihr in die Augen. Er war nicht derjenige, der einen geliebten Menschen verloren hatte – sie war es und doch fragte sie ihn, ob es ihm gutginge. „Mir geht es gut. Die Frage ist, geht's dir auch gut?"

Tränen traten in ihre Augen und ihm wurde klar, dass sie sich nur mit Mühe zusammengerissen hatte. Sie trauerte, das war nicht zu übersehen.

„Nicht wirklich", flüsterte sie.

„Möchtest du rausgehen? Etwas frische Luft schnappen?" Sein Bauchgefühl riet ihm, sich nicht in ihre Angelegenheiten einzumischen und das Weite zu suchen. Aber er fühlte sich zu ihr hingezogen. Er konnte nichts dagegen tun.

Sie nickte. „Das wäre gut. Draußen fällt es mir vielleicht leichter, mich zusammenzureißen. Ich bin mit einem Mal so traurig und würde es hassen, vor all diesen Leute zu heulen."

Er schenkte ihr ein beruhigendes Lächeln. „Komm." Sie an der Hand haltend, lotste er sie durch die Menschenmenge und durch eine Seitentür hinaus. Am Wochenende war in der kleinen Stadt Gruene erstaunlich viel los. Der Parkplatz auf der anderen Straßenseite war gut gefüllt, denn sowohl das Restaurant in der alten Schrotmühle als auch die Tanzhalle waren äußerst beliebt. Er sah sich um und entdeckte eine Bank, die unter einem Baum stand.

Er führte sie dorthin und bemerkte, dass er immer noch ihre Hand hielt. Es fühlte sich gut an und sie schien den Trost zu brauchen, deswegen beließ er es dabei. „Möchtest du dich hinsetzen und reden?"

Nachdenklich sah sie ihn an, nickte aber. „Das klingt gut. Vielen Dank."

Sie entzog ihm ihre Hand, als sie sich setzte und er verspürte für einen Moment Traurigkeit deswegen in sich aufsteigen. Das war seltsam. Er hatte sie doch gerade erst kennengelernt, deswegen wusste er nicht, wieso ihn das traurig stimmte.

„Es ist ein schöner Abend." Musik drang von drinnen an ihre Ohren. Er überließ ihr den Einstieg in das Gespräch, sie sollte entscheiden, was sie sagen würde.

Sie biss sich auf die Lippe und wandte den Blick ab, ließ ihn umherschweifen. „Ja, das ist er. Ich bin froh, dass ich hergekommen bin. Ansonsten würde ich nur auf der Ranch herumsitzen und mir Sorgen machen."

Er setzte sich ebenfalls und lehnte sich auf der Bank zurück. Er streckte seine Stiefel weit von sich, überkreuzte die Knöchel und schob seinen Stetson ein wenig zurück, bevor er sie ansah. „Irgendetwas scheint dir Sorgen zu bereiten. Geht es um mehr als den Tod deines Großvaters? Der ist natürlich schrecklich... aber ich habe das Gefühl, dass du ebenso viel Sorge ausstrahlst wie Trauer. War zwischen dir und deinem Großvater alles in Ordnung, als er starb? Ich würde nicht damit klarkommen, wenn mein Großvater jetzt sterben würde, das kann ich dir sagen. Zwischen uns liegt gerade einiges im Argen und es würde mir sehr nahegehen, wenn ihm genau jetzt etwas geschehen würde. Dieser Gedanke beunruhigt mich." *Warum erzählte er ihr das?*

Sie schluckte. „Nein, zwischen uns war alles in Ordnung. Es stimmt mich traurig, dass es das zwischen deinem Großvater und dir nicht ist." Sie biss sich erneut auf die Lippe.

Er dachte, dass sie dies wohl unbewusst tat, wenn sie aufgeregt war, aber es lenkte seine Aufmerksamkeit ohne Zweifel auf ihre hübschen Lippen.

„Mein Großvater wurde vor zwei Tagen beigesetzt, es ist sein Testament, das mich erschüttert hat. Ich habe heute von seinem Inhalt erfahren."

„Stand etwas Schlimmes darin?" Es fühlte sich merkwürdig an, sie nach ihren persönlichen Angelegenheiten zu fragen, aber sie erweckte den Eindruck, mit jemandem darüber sprechen zu müssen und er würde ihr Vertrauen nicht ausnutzen. Wenn sie ihm denn genug vertraute, um ihm ihr Herz auszuschütten.

Sie setzte sich auf ihre Hände, lehnte sich erst in die eine, dann in die andere Richtung, während sie eine Hand unter jeden Oberschenkel schob. Ihr Herumgerutsche wehte einen weiteren Schwall ihres blumigen Duftes in seine Richtung. Er wehrte sich gegen den Impuls, sich in ihre Richtung zu beugen. Er hatte noch nie derart auf den Geruch einer Frau reagiert.

„Mein Großvater besitzt etwas Land. Eine kleine Ranch, auf der ich aufgewachsen bin. Wir haben sie gemeinsam bewirtschaftet. Außer mir hatte er niemanden und es waren immer nur er und ich. Zusammen haben wir für unseren Lebensunterhalt gesorgt, das Vieh hat genug abgeworfen. Nun ja, da ist auch noch… egal, ich habe oft zu meinem Großvater gesagt, dass ich weggehen und mir woanders einen Job suchen könnte. Ich bin ausgebildete Lehrerin – könnte als solche irgendwo arbeiten. Er hat das immer abgelehnt und gesagt, dass er mich auf der Ranch brauchen würde. Er hat gern mit mir zusammengearbeitet. Er war einsam, nachdem meine Großmutter gestorben war, und ich habe den Gedanken gehasst, ihn alleinzulassen. Also blieb ich. Und jetzt finde ich plötzlich heraus, dass mein Großvater die Steuern nicht bezahlt hat und ich die Ranch verlieren werde. Er hat mich angelogen. Ich hätte nie gedacht, dass er mir nicht die Wahrheit sagen würde."

Er fühlte mit ihr. „Vielleicht hat er versucht, dich zu beschützen."

„Möglich. Aber ich hätte helfen können. Die ganze Zeit über hat er mir einen Lohn gezahlt, damit ich auf der Ranch bleibe, aber ich hätte auch woanders arbeiten können. Als wir Kühe verkauft haben, wusste ich, dass das nicht das war, was er hatte tun wollen. Doch er hat mir beständig versichert, dass alles in Ordnung sei und er von der Ölgesellschaft, die unser Land gepachtet hat, um nach Öl zu suchen, gutes Geld erhalten würde. Dass uns das geholfen hätte. Mir war nicht klar, dass er in dieser Hinsicht ebenfalls nicht die Wahrheit gesagt hatte. Ich habe nicht in seinen persönlichen Unterlagen herumgegraben. Mein Großvater war kopfmäßig lange sehr auf der Höhe. Dass er ab und zu Sachen vergaß, war für mich kein Grund zu der Annahme, dass er an Demenz litt. Ich meine, ich vergesse auch manchmal Dinge. Aber vielleicht wollte ich es nur einfach nicht wahrhaben, denn er hat ein paar schlechte Entscheidungen getroffen und ich habe nichts dagegen getan."

„Schlechte Entscheidungen? Welcher Art?"

Sie seufzte. „Zum einen bestand er darauf, mich für die Arbeit auf der Ranch zu bezahlen, anstatt mich wegziehen zu lassen, sodass ich mir woanders einen Job suchen konnte. Er muss nach dem Tod meiner Großmutter einsamer gewesen sein, als mir bewusst war, denn das ist der einzige Grund, der mir einfällt, wegen dem er eine so schlechte Geschäftsentscheidung treffen würde. Es ist furchtbar. Die Bank ist drauf und dran, die Ranch in Besitz zu nehmen." Sie sah ihn mit tränenverschleierten Augen an. „Es tut mir leid, wirklich. Ich hätte niemals damit anfangen sollen, dir mein Herz auszuschütten. Ich hätte an meinem Tisch sitzenbleiben und für mich allein bleiben sollen."

Sie kam ihm so allein vor. Sie saßen nicht weit voneinander entfernt und er konnte einfach nicht anders: er legte ihr einen Arm um die Schultern und zog sie sanft an sich. Sie legte ihren Kopf an seine Schulter, ihre Schultern bebten. Er war voller Mitgefühl für sie und versuchte, ihr Halt zu geben, während sie lautlos weinte.

Nach ein paar Minuten setzte sie sich, verlegen dreinschauend, wieder aufrecht hin. „Es tut mir leid. Wirklich. Aber es hat immer nur meinen Großvater und mich gegeben und er war ein harter Mann. Die Leute haben ihn nicht wirklich verstanden, er war eine

Art Einsiedler. Ein weiterer Grund dafür, warum ich geblieben bin. Ich habe ihn von ganzem Herzen geliebt, doch im Laufe der Jahre hat er all seine Freunde vertrieben und um ehrlich zu sein, war einfach niemand mehr da, mit dem er reden konnte. Vielleicht bin ich deshalb heute Abend hierhergekommen, vielleicht musste ich einfach unter Leuten sein, denn… zu seiner Beerdigung ist niemand gekommen. Es gab nur eine kleine Gedenk-Zeremonie für ihn auf dem Friedhof."

Und er hatte geglaubt, dass *er* Probleme hatte. Er dachte an seine Familie, daran, wie nahe sie einander alle standen und an all seine Freunde. Er hatte sie stets als Segen empfunden, doch seine Wertschätzung für diese Umstände wuchs noch einmal an.

„Was ist mit deinen Freunden? Hast du keine? Ist von denen denn keiner gekommen?"

Sie rieb sich über die Wangen und wischte sich die Tränen ab. „Habe ich. Aber ich habe so hart gearbeitet, dass viele Freundschaften im Laufe der Zeit auf der Strecke geblieben sind. Es passierte nach und nach und als mein Großvater starb, fiel mir erst auf, dass Jahre vergangen waren, seit ich ein paar meiner langjährigen Freunde angerufen hatte.

Ich hatte nicht vorgehabt, auf Abstand zu gehen, aber Stück für Stück habe ich genau das erreicht.

Weißt du, wenn man immer wieder Einladungen zum Essen ausschlägt, dann sendet man die falschen Signale und irgendwann hören die Leute auf, einen anzurufen. Meine engste Freundin ist vor ein paar Jahren nach Minnesota gezogen, seitdem haben wir uns voneinander entfernt. Ich hatte mich von allen abgesondert, doch das Ausmaß dieses Prozesses ist mir erst bei der Beerdigung richtig klargeworden."

„Ich denke, so etwas passiert einem leicht. Was wirst du jetzt tun?"

Sie wandte den Blick ab. Im Lichtschein sah sie blass aus. „Ich denke, ich werde es der Bank überlassen müssen. Ich habe noch bis zum Ende des Monats Zeit. Aber es ist viel Geld. Für texanische Verhältnisse ist es keine große Ranch, aber es sind immerhin siebenhundert Morgen. Einen Teil davon bedeckt eine tiefe Schlucht, die die eine Seite des Landes durchschneidet, damit scheidet einige Fläche für die Nutzung aus. Aber ich würde sagen, es sind mindestens sechshundert Morgen Nutzfläche. Ich kann die ausstehenden Steuern auf keinen Fall aufbringen, dafür sind sie zu hoch. Ich bin Texanerin der sechsten Generation. Meine Familie kam in einem Planwagen hierher. Und jetzt überlasse ich das Grundstück der Bank. Es ist schrecklich. Ich habe das Gefühl, dass ich Generationen meiner Familie im Stich lasse. Es ist das

Schwierigste, was ich jemals getan habe, abgesehen davon, meinen Großvater und meine Großmutter zu beerdigen. Diese Ranch ist der einzige Ort, den ich jemals Zuhause genannt habe. Ich habe meine Eltern nie kennengelernt. Mein Vater ist davongelaufen, bevor ich geboren wurde und meine Mutter ist bei meiner Geburt gestorben, deswegen waren es immer nur ich und meine Großeltern." Sie wischte die Tränen fort.

„Du hattest es nicht leicht." Sie sah ihn nicht an und er wusste, dass sie verlegen war.

„Ich wünschte, ich hätte dir das alles nicht erzählt." Sie schüttelte den Kopf, über umwölkten Augen zog sie die Brauen zusammen. „Das Ganze klingt wie etwas aus einem Liebesroman, in dem die Heldin niemanden hat. Aber genau so ist mein Leben." Sie warf ihm einen entschuldigenden Blick zu. „Ich bin mir sicher, du liest keine Liebesromane, daher hast du wohl keine Ahnung, wovon ich rede."

„Nein, ich bin kein Romanleser." Er hatte sie losgelassen, als sie sich aufgesetzt hatte, seinen Arm jedoch auf der Lehne der Bank liegengelassen. Nun kämpfte er gegen den Drang an, sie erneut an sich zu ziehen und ihr zu sagen, dass alles in Ordnung kommen würde. „Es tut mir trotzdem leid, dass all das auf deinen Schultern lastet."

„Mir auch. Aber mein Großvater hat mich nicht zu einer Heulsuse erzogen, deswegen werde ich mich nach diesem Moment der Schwäche hier mit dir zusammennehmen und tun, was ich tun muss. Vielen Dank dafür, dass du mir zugehört hast und mir die Gelegenheit geschenkt hast, meine Sorgen zum Ausdruck zu bringen. Jetzt werde ich mich der Realität stellen. Immerhin bin ich jung und gesund. Ich kann einfach von vorne beginnen, richtig?"

„Ja." Er nickte und wusste, wie sich das anfühlte.

„Es ist schon spät und ich habe noch eine ungefähr dreißigminütige Fahrt zum Stadtrand von Blanco vor mir. Deswegen werde ich dir jetzt Gute Nacht sagen. Und Danke!" Sie stand auf.

„Bist du sicher, dass es dir gut geht?" Er wollte sie noch nicht gehen lassen. Er wollte sie zurück in seine Arme ziehen. Das würde ihr in ihrer Situation allerdings auch nicht helfen – wenn der Typ, den sie gerade in der Tanzhalle kennengelernt hatte, versuchte, sie in seine Arme zu ziehen. Außerdem war er unsagbar versucht, sie zu küssen – was so schrecklich unangemessen war, dass es ihm schon peinlich war. Er trat zurück. Er war wegen seinem eigenen Großvater so durcheinander, dass es sicherlich das beste war, wenn er sie einfach nach Hause fahren ließ.

Sie nickte. „Ich liebe die Ranch sehr. Es ist mein

kleines Stück Himmel und ich dachte immer, sie würde eines Tages mir gehören. Aber ich werde schon klarkommen."

Er hasste das. „Es tut mir wirklich leid, was da gerade in deinem Leben los ist. Ich weiß nicht wirklich, was ich sonst noch sagen kann, aber ich wünsche dir alles Glück der Welt. Gib noch nicht auf. Sprich mit der Bank und erklär ihnen deine Situation. Vielleicht könnt ihr euch irgendwie einigen."

Sie schob die Schultern zurück und er dachte, dass sie versuchte, stark auszusehen. „Die habe ich bereits angerufen. Aber vielleicht tue ich es noch einmal. Ich bin ein ziemlich starker Mensch, ich denke, heute Abend war die Ausnahme, der Moment, in dem ich mir mal etwas Schwäche gönnen durfte." Ihre Augen schimmerten feucht, als sie seine Hand nahm. „Danke, dass du für mich dagewesen bist."

Er konnte nicht anders; er zog sie zu sich und schlang seine Arme um sie. Sie hatte Umarmungen gerade nötiger als jeder andere Mensch, den er kannte. Er atmete ihren Geruch ein, als sie sich an ihn lehnte, als würde sie der Notwendigkeit einer weiteren Umarmung für einen Moment nachgeben. „Pass auf dich auf, Mollie Mae Darling. Vielleicht rufst du mal deine Freundin an. Ich bin mir sicher, dass sie dich gerne ein wenig unterstützen würde."

Sie nickte und dann ließ er sie los und sie trat zurück. Es war schwer, sie gehen zu lassen. Es erschreckte ihn, wie schwer es war. Sie lächelte ihn an, drehte sich dann um und ging weg.

Er blickte ihr nach und wollte ihr einen verrückten Moment lang hinterherlaufen. Beck war noch nie in seinem Leben jemandem nachgelaufen. Er sagte sich, dass das an ihrer besonderen Situation lag.

Er stand noch lange da, bevor er schließlich zum Parkplatz ging, in Richtung seines eigenen Trucks. Es war an der Zeit, nach Hause zu fahren. Morgen musste er sich seinen eigenen Dämonen stellen. Vor einiger Zeit hatte sein Telefon vibriert und er hatte das Gefühl, zu wissen, wer etwas von ihm wollte.

Er zog sein Handy aus der Tasche und las die eingegangene Nachricht. Wie er gedacht hatte, stammte diese von seinem Großvater.

Er hatte für den folgenden Morgen ein Treffen der Familie anberaumt. Für Beck bedeutete dies, dass seine Zeit abgelaufen war. Es war Zeit, sich der Realität zu stellen.

KAPITEL ZWEI

Beck hielt vor der Scheune neben dem großen Steinhaus seines Großvaters. Auch an diesem Morgen kreisten seine Gedanken beständig um Mollie; auch nachdem er von seinem Großvater aufgefordert worden war zu kommen, hatte er sie sich nicht aus dem Kopf schlagen können.

Mollie Mae kennenzulernen hatte ihn zumindest für eine gewisse Zeit von der Sorge, sein Charterflugzeugunternehmen zu verlieren, abgelenkt, denn seit einem Jahr sprang sein Großvater von einem extremen Vorschlag zum nächsten. Mollie verlor ihr Erbe, weil ihr Großvater seine Steuern nicht hatte zahlen können. Beck würde sein erfolgreiches Geschäft verlieren, weil sein Großvater sein Leben kontrollieren wollte und Beck das nicht zulassen würde. Er würde weggehen.

Seine Brüder warteten auf der Veranda auf ihn.

Sie hatten beide versucht, ihn zu überreden, auf den Deal einzugehen. Für sie hatte es sich ausgezahlt, ebenso für ihre Schwester und ihre Cousins. Aber es war das dem Ganzen zugrundeliegende Prinzip, das Beck gegen den Strich ging. Er war nicht in der Laune, sich geschlagen zu geben. Widerspenstiger Stimmung kletterte er aus seinem Truck.

Denton, der haargenau wie die Countrymusic-Legende aussah, die er geworden war, betrachtete Beck, den Stetson tief über die Augen gezogen, als er näherkam. „Ich begann schon zu denken, dass du nicht auftauchen würdest."

„Hier bin ich."

„Gut." Ash legte ihm eine Hand auf die Schulter. „Versprich mir, dass du nichts tust, was du bereuen wirst. Gib dem Ganzen etwas Zeit und warte ab, was passiert."

„Das kann ich nicht versprechen", sagte Beck.

Ash runzelte die Stirn. „Du brauchst dein Erbe nicht einfach wegzuwerfen, wenn du jetzt hineingehst. Denton, Caroline und ich – wir alle wissen, dass du es nicht einfach hinnehmen wirst. Ich weiß, wir haben alle dasselbe gesagt, doch dann wurden wir auf eine Art und Weise gesegnet, die wir uns niemals hätten vorstellen können. Das könnte dir auch widerfahren. Du solltest es zumindest versuchen."

Dentons Lippe zuckte. „Etwas geht hier vor sich und das ist etwas Gutes."

„Finde jemanden, für den diese Situation ein Segen ist."

Ein Segen?

„Kumpels, ich weiß, dass es für euch beide gut gelaufen ist, aber ich möchte nicht tun, was ihr getan habt. Ich gönne Großvater diese Befriedigung nicht."

Denton sah ihn aufgebracht an. „Hör auf Ash. Triff keine vorschnelle Entscheidung. Du hast alles dafür getan, dein Privatjet-Chartergeschäft zum Erfolg zu führen. Gib das nicht auf, nur weil du zornig bist."

Er starrte seine Brüder an, atmete tief ein und zählte bis zehn. Das was sie sagten, sagten sie aus Liebe zu ihm; sie versuchten nur, ihn zur Vernunft zu bringen. Ihr ganzes Leben lang hatten sich die drei Brüder von Zeit zu Zeit gegenseitig von der einen oder anderen schlechten Idee abgebracht.

„Ich verspreche nichts." Er griff nach der Tür, denn er wollte das unverzüglich hinter sich bringen.

Seine Brüder blickten ihn grimmig an, sagten aber nichts mehr, doch er wusste auch so, dass sie ärgerlich waren, als sie ihm ins Haus und den Flur entlang zum Büro seines Großvaters folgten.

Er betrat das Büro. Der Geruch von Leder und frisch poliertem Holz stieg ihnen in die Nase. Von ihrem Platz auf einem Stuhl am Fenster aus lächelte Caroline ihn an. Von ihrem Platz aus konnte sie das Gesicht jedes Anwesenden sehen, wie ihm auffiel. So wie er Caroline kannte, würde sie wahrscheinlich versuchen, die Wogen zu glätten.

„Guten Morgen, Brüder. Beck, sieh nicht drein wie ein Miesepeter. Du bist womöglich drauf und dran, die Liebe deines Lebens zu finden. Es liegt so etwas in der Luft."

Er starrte sie an. „Caroline, manchmal redest du zu viel."

Sie lachte. „Mag sein."

Beck wusste, dass sein Großvater ihn beobachtete und trat in die Nähe des Kamins, wo er während dieser Treffen immer stand. Er stützte einen Ellbogen auf dem Kaminsims ab und schob seinen Hut mit dem Daumen seiner Hand heftig zurück. Erst danach richtete er das Wort an seinen Großvater. „Da bin ich."

„Da bist du." Sein Großvater lächelte, als Denton vor dem großen Schreibtisch Platz nahm und Ash sich Caroline gegenüber auf einen Stuhl setzte.

Ein Stuhl war noch unbesetzt, es war der neben Denton, der genau vor dem Schreibtisch seines Großvaters stand. Beck setzte sich nicht. Er wartete lediglich ab. Die Spannung im Raum knisterte geradezu, als seine Brüder und seine Schwester beobachteten, wie er und sein Großvater ihre Hörner senkten.

Talbert McCoy legte seine Hände flach auf seinen Schreibtisch. „Ich werde heute Morgen nicht viel sagen. Ihr alle wisst, warum wir hier sind. Beck, ich habe dich bis zum Schluss aufgehoben, weil ich wusste, wie du reagieren würdest. Ich hatte gehofft, dass du der Sache offener gegenüberstehen würdest, wenn du sehen würdest, wie positiv sich das Leben deiner Cousins, deiner Brüder und deiner Schwester verändert hat. Das Letzte, was ich will, ist, dass du einfach weggehst und nicht einmal versuchst, eine Frau zu finden. Ich möchte nicht, dass du alles aufgibst, wofür du so hart gearbeitet hast. Aber dein Charter-Unternehmen ist nicht alles. Liebe ist es, die die Welt am Laufen hält. Das musst du noch herausfinden. Wie du weißt, bin ich im Besitz der Mehrheit der Aktien deines Unternehmens, da einige deiner Aktionäre vor einiger Zeit an mich verkauft haben."

Ja, das wusste er. „Natürlich weiß ich das. Mir war klar, dass es so laufen würde."

„Ich sehe keinen Sinn darin, noch länger um den heißen Brei herumzureden und dir noch länger die Gelegenheit zu geben, mich so anzuschauen. Wenn du durch diese Tür gehst, hast du drei Monate Zeit, um eine Frau zu finden und anschließend musst du drei Monate verheiratet bleiben. Oder ich übernehme die Kontrolle über McCoy Flight Charters."

Beck kochte. „Es macht keinen Unterschied, ob du mir einen Tag oder drei Monate gewährst. Ich werde in Bezug auf die lächerliche Übernahme meines Unternehmens dein Wort nicht auf die Goldwaage legen. Wenn du es tun willst, dann tu es." Er ging zur Tür.

Sein Großvater stand auf. „Ich wusste, dass du das sagen würdest. Aber ich gebe dir die Zeit trotzdem. Ich werde dein Unternehmen frühestens nach Ablauf der Frist übernehmen. Ich liebe dich und ich möchte nur, dass du offen bist. Möchtest du denn keine Frau und eine eigene Familie?"

Beck blieb an der Tür stehen. Er riss sich seinen Stetson vom Kopf und wirbelte zu dem Mann herum, den er von ganzem Herzen liebte. Und nicht mehr im mindesten verstand. „Großvater, vielleicht möchte ich das, vielleicht nicht. Aber es ist meine Entscheidung. Es liegt nicht an dir, wann und ob ich mir eine Frau suche."

„Ja, die Wahl liegt bei dir. Doch ich habe versprochen, sicherzustellen, dass du und deine Geschwister ein glückliches Leben führt. Deine Zeit beginnt jetzt, wenn du durch diese Tür trittst. Und ich bin darauf eingestellt, weitere Schritte in dieser Herausforderung einzuleiten, damit du eine Frau findest, wenn ich muss."

„Herausforderung? So nennst du das also? Wenn das so ist, dann nehme ich die Herausforderung nicht an. Ich lasse alles zurück und fange von vorn an. Du kannst einen Manager einstellen und dich an meinem Unternehmen erfreuen."

Sein Großvater zog eine Braue hoch, sein Blick bohrte sich in ihn und Unbehagen begann sich in Becks Bauch auszubreiten. *Was hatte sein Großvater vor?*

Talbert lehnte sich in seinem Stuhl zurück. „Du wählst also die einfache Lösung und verzichtest auf die eigentliche Herausforderung – eine Frau zu finden, höchstwahrscheinlich eine Fremde und drei Monate verheiratet zu bleiben, das ist die schwierige Option. Ich fordere dich heraus, den schwierigen Weg zu gehen."

Sein Großvater wusste, wie Beck tickte… er hatte sich noch nie einer Herausforderung gegenübergesehen, die er nicht meistern konnte, wenn er sich dazu entschloss.

Doch das war anders.

Dieses Mal würde er gehen.

Ohne ein weiteres Wort drehte sich Beck um und

ging zur Tür hinaus. Er brauchte frische Luft. Er musste auf seinen Teil der Ranch zurückkehren, sein Pferd satteln und reiten. Er konnte am besten denken, wenn er dahinflog – entweder am Himmel oder auf seinem schnellsten Pferd über die Ranch.

Heute war es ihm ein Bedürfnis zu hören, wie die Hufe seines Pferdes auf den Boden stampften, wenn es über die Ranch galoppierte, die er liebte.

Die Ranch, die er ebenfalls bald verlassen würde.

KAPITEL DREI

Mollie wischte sich mit dem Arm über die verschwitzte Stirn und griff dann nach dem Stacheldrahtzaun, den sie gerade reparierte. Mit ihren in Lederhandschuhen steckenden Händen verdrehte sie die Enden des Stacheldrahts miteinander, eine preiswerte, provisorische Lösung für den kaputten Zaun. Hoffentlich würde dies ausreichen, um weitere Kälber daran zu hindern, auf die Landstraße zu laufen und Unfälle zu verursachen.

Als sie fertig war, schüttelte sie den Kopf und starrte auf das Resultat ihrer Arbeit. „Warum reparierst du das eigentlich?", fragte sie sich selbst laut. Das alles gehörte quasi bereits der Bank. *Das alles und ihre harte Arbeit waren für die Katz.* Warum steckte sie also noch mehr Mühe und Schweiß in das Anwesen?

Ihr Herz zog sich zusammen, Tränen brannten in ihren Augen.

Sie konnte nur das. Sich um diese auseinanderfallende Ranch zu kümmern. Das mochte nicht viel sein, aber sie war stolz darauf, wie hart sie gearbeitet hatte und dass sie wusste, wie man die Dinge am Laufen hielt. Ihr Großvater mochte nicht genug von ihr gehalten haben, um ihr die Wahrheit zu sagen, aber sie war nicht dumm; sie wäre damit klargekommen. Wenn er ihr gesagt hätte, wie schlimm es stand, hätte sie helfen können.

Salzige Tränen der Wut liefen ihr übers Gesicht. *Wie hatte das geschehen können?*

Hier stand sie nun, ganz allein, von offenem weitem Land umgeben, die Sonne brannte ihr auf den Rücken und sie spürte, wie sie immer zorniger wurde. Sie gehörte genauso an diesen Ort wie ihr Großvater. Sie hatte ihr Leben lang das geliebte Land bearbeitet und jetzt würde man es ihr wegnehmen. Sie riss sich die Handschuhe von den Fingern, warf sie auf den Boden und wischte sich die Tränen vom Gesicht. *Sie würde nicht weinen.*

Weinen brachte rein gar nichts.

Das hatte sie schon vor langer Zeit gelernt. Nein, ihr blieb nicht viel Zeit, um die Ranch zu retten, aber noch würde sie nicht aufgeben. Vielleicht konnte sie etwas tun… wenn sie einen Job finden und der Bank zeigen könnte, dass sie Zahlungen leisten konnte, dann würde man ihr vielleicht gestatten, die Ranch zu behalten und die Steuern zurückzuzahlen.

Die Tatsache, dass sie noch nie in ihrem Leben einen Kredit aufgenommen hatte, war nicht gerade hilfreich. Sie war fünfundzwanzig und hatte keine Ahnung.

Das Auto, das sie fuhr, hatte früher ihrer Großmutter gehört, daher hatte sie sich nie auch nur Geld geliehen, um ein Auto zu kaufen. Nein, im Grunde hatte sie sich nicht viel um die Welt dort draußen gekümmert und hatte immer nur mit ihrem Großvater auf der Ranch gearbeitet. Schniefend wischte sie sich mit dem Ärmel ihres Hemdes über die feuchte Nase. Sie bückte sich und hob ihre Handschuhe auf, dann stapfte sie zurück zu dem alten Pickup-Truck, der ihrem Großvater gehört hatte. So oft hatte sie ihm gesagt, dass er einen neuen Truck anschaffen musste, doch er hatte ihr stets versichert, dass er seinen alten Truck mochte; er sei ein Klassiker und er wolle ihn nicht aufgeben. Nun verstand sie – er hatte sich keinen besseren Wagen leisten können.

So vieles von dem, was er ihr erzählt hatte, waren Lügen gewesen. „Großvater, ich schwöre, wenn du hier wärst, dann würde ich dir gehörig die Meinung sagen!" Sie schrie die Worte so laut, dass sie mehrere Kühe erschreckte. „Du hast das schlecht gemacht.

Richtig schlecht." Schuldbewusst dachte sie daran, dass ihr Großvater immer vergesslicher geworden war. Aber war es so schlimm gewesen, dass er vergessen hatte, ihr zu sagen, wie schlecht es um die Ranch stand?

Das glaubte sie nicht. Er war einsam gewesen und hatte gewollt, dass sie bei ihm war. Er hatte ihr ein Gehalt gezahlt, statt die Steuern zu begleichen.

Voller Wut setzte sie sich hinters Steuer und ließ den Motor an. Zum Glück erwachte dieser zum Leben. Der Truck besaß einen guten Motor. Das war gut, er würde sie überall dort hinbringen, wo sie hinmusste. Ihr eigenes Auto würde sie verkaufen, um etwas Geld zu haben. Nachdem man ihr die Ranch genommen hatte, würde sie ein wenig Geld für einen Neuanfang brauchen.

Während sie sich dem Ranchhaus näherte, sprangen ihr mit einem Mal all die Dinge ins Auge, die der Reparatur bedurften. Sie hatte sich daran gewöhnt, wie das Haus und seine Umgebung aussahen. Sie hatte sich darum gekümmert, dass es den Kühen an nichts fehlte, die Zäune intakt waren und darum, die Kühe zu verkaufen, wenn es an der Zeit war. Und die ganze Zeit über hatte sie gedacht, dass sie mit dem, was sie tat, die Ranch über Wasser halten würde.

Was für ein Witz. Die ganze Zeit über war es nicht

genug gewesen. Nichts, was sie getan hatte, war genug gewesen. Sie saß in ihrem Truck und beäugte das Haus. Ihre Gedanken schweiften zurück zum vergangenen Abend, als sie grübelnd im Tanzsaal gesessen hatte. Ihr Blick war auf diesen gutaussehenden Cowboy gefallen und sie hatte etwas getan, was sie noch nie zuvor in ihrem Leben getan hatte, als sie zu ihm gegangen war und ihn gefragt hatte, ob er tanzen wolle. Ganz zweifellos ein Akt der Verzweiflung, das war es gewesen. Sie hatte erkannt, dass sie zerbrechen würde, wenn sie nur dasaß und nichts tat und Tanzen war ihr wie eine gute Option vorgekommen. Und dann war für einen kurzen Moment, als er sie in den Armen gehalten hatte, die Welt in Ordnung gewesen.

Und dann war alles auseinandergefallen; sie war von Tränen übermannt worden und hatte ihm zu viel erzählt. Es fühlte sich immer noch komisch an und es stimmte sie verlegen, dass sie ihre Seele einem praktisch Fremden offenbart hatte.

Sie stieg aus dem Truck und stürmte zum Haus. Es war an der Zeit, aufzuhören zu weinen und herauszufinden, ob sie einen Job finden konnte. Sie rechnete sich nur geringe Chancen auf Erfolg aus – aber es war die einzige Möglichkeit – und dann würde sie versuchen, den Chef der Bank dazu zu überreden, dass er sie die Ranch behalten ließ.

Sie würde nicht kampflos aufgeben.

* * *

Beck ritt ungestüm und wie rasend über die Weide. Laramie, sein Hengst, liebte es, wenn er nach Hause kam und dem Pferd seinen Willen ließ, sodass er rennen konnte, wie es ihm gefiel. Das Pferd pflügte heute geradezu übers Land. Irgendwann hatte er seinen Hut verloren, aber das hatte ihn nicht gekümmert. Der Hengst hatte seine Frustration gespürt und war geflogen, als wüsste er, dass Geschwindigkeit und der Wind in ihren Gesichtern und das Stampfen seiner Hufe helfen würden.

Das hatten sie. Zumindest solange der Ritt andauerte.

Als sie den Fluss erreichten, stieg Beck ab, ließ die Zügel fallen und Laramie trinken. Beck schritt zum Flussufer und beobachtete das rauschende Wasser, während seine Gedanken umherwanderten. Doch anstatt zu dem zurückzukehren, wozu ihn sein Großvater zwingen wollte, schweiften seine Gedanken zu Mollie Mae Darling.

Sie war immer wieder in seinen Gedanken aufgetaucht. Sie hatte am vorherigen Abend so verzweifelt und allein ausgesehen. So wie es klang, hatte Mollie niemanden. Und dann war die eine Person, von der sie gedacht hatte, dass sie ihr den Rücken freihalten würde, gestorben und hatte ihr ein gewaltiges Durcheinander hinterlassen. Sie hatte wahrscheinlich das Gefühl, dass die Ranch alles war, was ihr von ihrer Familie geblieben war und nun würde die Bank sie ihr nehmen. Diese Ranch hier bedeutete ihm viel. Bevor er bei dem Flugzeugabsturz getötet worden war, hatte Becks Vater ihm beigebracht, die Ranch zu lieben. Und dann hatte sein Großvater dessen Stelle eingenommen und ihn auch weiterhin gelehrt, das Land zu lieben. *Du hast immer noch das Land, egal was geschieht,* das sagten sie immer. Sein Herz zog sich zusammen. Offensichtlich traf das weder in seinem noch in Mollies Fall zu.

„Finde jemanden, für den diese Situation ein Segen ist."

Ashs Worte trafen Beck wie ein Schlag und mit einem Mal war er hellwach. *Konnte er das tun?*

Wollte *er das tun?*

Er fragte sich, was sie zu seinem völlig wahnwitzigen Plan sagen würde, sich mit ihm zusammen zu tun, ein Plan, der garantieren würde, dass am Ende die Schulden für die Ranch bezahlt würden – mit allem Drum und Dran – und sie Geld auf ihrem Bankkonto hätte.

Und er würde sein Erbe und seine Charterflugzeuge behalten können, wenn er dann wieder ging.

Er kannte sie kaum und dachte, dass sie ihn wahrscheinlich ansehen würde, als ob er den Verstand verloren hätte. Was er wahrscheinlich auch hatte, wenn er das überhaupt in Betracht zog. Aber sie brauchte Hilfe.

Das Timing war seltsam, der Umstand merkwürdig, dass sie genau am Vorabend der Unterredung mit seinem Großvater aufgetaucht war. Vielleicht hatte Gott ihm zu verstehen geben wollen, dass er jemandem helfen konnte, vielleicht hatte er ihm ein Zeichen gesandt.

In Gedanken versunken und unstet griff er nach den Zügeln und schwang sich mit einer flüssigen Bewegung in den Sattel. „Zeit, nach Hause zu reiten. Zeit, diese Selbstmitleidstour zu beenden und etwas zu tun." Auf einen Stoß seines Knies hin bäumte sich das Pferd auf den Hinterbeinen auf und warf die Vorderhufe in die Luft.

Beck grinste. „Ich weiß genau, wie du dich fühlst. Also los." Bei diesen Worten schlugen die Hufe des Pferdes bereits auf den Boden und er ging los wie eine soeben abgefeuerte Kugel, in Richtung zu Hause.

Es war an der Zeit nach Hause zu gehen.

* * *

„Ja, Ma'am. Ich verstehe. Ich habe noch nie als Kellnerin gearbeitet, aber ich bin bereit, es zu versuchen. Und mein Bestes zu geben." Mollie lächelte die Dame an, der das Café gehörte. Sie war eine kleine Frau mit braunen Haaren, die zu einem altmodischen Dutt auf ihrem Kopf zusammengebunden waren. Sie trug ein rosa Kleid mit einer weißen Schürze und einem Namensschild mit der Aufschrift Dixie. Nun verzogen sich ihre leuchtend roten Lippen zu einem Lächeln.

Mollie kam nicht oft hierher, aber sie hatte den Nachmittag damit verbracht, herumzufahren und sich nach einem Job umzusehen. Im Diner in Blanco hatte ihr eine der Kellnerinnen erzählt, dass Dixies Diner in Stonewall gerade eine seiner Kellnerinnen verloren hatte und dass dies ein ziemlich geschäftiges kleines Café war und sie dort gute Trinkgelder bekommen würde. Ohne zu zögern war Mollie die kurze Strecke gefahren und biss sich jetzt nervös auf die Lippe, als Dixie sie mit aufmerksamem Blick musterte. Sie wurde gemustert. Sie versuchte, nicht so auszusehen, als würde sie um den Job flehen; stattdessen bemühte sie sich darum, kompetent auszusehen und schenkte Dixie ein kleines Lächeln. „Ich verspreche, äußerst hart zu arbeiten. Ich brauche den Job wirklich."

„Nun, meine Liebe, du siehst nett aus und meinen Kunden wird dein lächelndes Gesicht gefallen, du kannst den Job also haben."

„Vielen Dank!" Mollie hätte beinahe ihre Arme um ihre neue Chefin geschlungen, fing sich aber gerade noch, bevor sie sich auf die arme Frau stürzen konnte.

Dixie grinste. „Ich freue mich über deine Begeisterung. Ich hoffe, du verliebst dich nicht auf der Stelle. Es gibt da ein paar stattliche Cowboys, die für mein Essen schwärmen. Ich glaube nicht, dass du lange durchhalten wirst."

„Ich verspreche, ich werde mich nicht verlieben. Verlieren Sie viele Kellnerinnen an die Liebe?"

Dixie rollte mit den Augen. „Ich verliere mehr Kellnerinnen an Cowboys, als ich zählen kann. Claire war anders, dachte ich zumindest. Doch in dem Moment, als dieser eine junge Mann hereinkam und sie einander in die Augen sahen, da wusste ich, was die Stunde geschlagen hatte. Es war nur eine Frage der Zeit. Aber ich hatte gedacht, sie wäre immun, denn sie fühlte sich noch nicht einmal zu einem der McCoy-Männer hingezogen. Und das ist eine gewaltige

Versuchung, denn bis vor einigen Monaten waren sie alle noch verfügbar und doch hat keiner von ihnen ernsthaft ans Heiraten gedacht. Sie sind die Hauptgewinne dieses Counties. Dann starb J.D. McCoy plötzlich aus heiterem Himmel genau dort in dieser Ecke, während er gerade ein Stück meiner Pekannusstorte aß – es lag nicht an meiner Torte, das kann ich dir versichern. Nein, der Herr im Himmel hatte beschlossen, dass es an der Zeit war für ihn. Und dann passierte etwas Seltsames… seine drei Enkel heirateten einer nach dem anderen und anschließend heirateten auch die Enkel seines Bruders Talbert und seine Enkelin. Inzwischen sind alle diese McCoys verheiratet… alle bis auf einen. Und der ist ein echter Traummann… naja, was sage ich." Ihre Augen weiteten sich. „Da parkt er gerade seinen Truck.

Wir werden sehen, wie es dir in Angesicht all dieser Pracht ergeht. Und Geld – sie haben mehr Geld, als sie ausgeben könnten. Aber das hast du nicht von mir. Eine gute Kellnerin hört viele Dinge, wiederholt sie aber nicht, okay?"

„Ja, Ma'am."

„So, und nachdem du ihn bedient hast, sagst du mir, ob das, was ich dir gesagt habe, der Wahrheit entspricht oder nicht. Hier gib ihm diese Karte." Sie nahm eine Speisekarte aus dem Regal an der Wand und drückte sie Mollie schwungvoll in die Hände.

Bestürzt sah Mollie auf das laminierte Blatt hinunter und dann wieder zu Dixie. „Ich weiß gar nicht, was ich tun soll."

„Du lächelst dein hübsches Lächeln, begrüßt ihn und lässt ihn sich in eine der Nischen setzen. Dann gibst du ihm die Karte und fragst ihn, was du ihm bringen sollst. Er weiß, was ihm schmeckt. Ich werde hier hinten bleiben und kochen, denn Jude ist heute nicht da. Ich steckte ganz schön in der Klemme, bis du zur Tür hereingekommen bist. Es macht keinen Spaß, die Kunden zu bedienen und gleichzeitig noch den Koch zu spielen. Zum Glück war vorhin noch nicht viel los."

Mollie sah ihr nach, als sie in den hinteren Teil des Geschäfts eilte, dann drehte sie sich um und blickte zur Tür, gerade als diese sich öffnete. Sie ließ die Speisekarte fallen, als sie den stattlichen McCoy zur Tür hereinkommen sah.

Es war Beck. Ihr Cowboy vom vorherigen Abend. Der, mit dem sie getanzt hatte... der, an den sie ununterbrochen hatte denken müssen.

KAPITEL VIER

Beck betrat Dixies Diner, blieb dann aber stehen, als er Mollie Mae Darling entdeckte, die mitten im Raum stand und ihn mit großen Augen ansah.

Er riss sich seinen Hut vom Kopf. „Hey, das ich dich hier wiedersehe!"

Sie errötete. „Hallo. Ich kann es kaum glauben, dass du der erste Mensch bist, dem ich hier begegne."

Das war wirklich merkwürdig. Er hatte sie noch nie zuvor gesehen und jetzt traf er sie gleich zweimal unmittelbar nacheinander… er war aus einer Laune heraus vorbeigekommen, nachdem er das Grundstück seines Großvaters in der Hoffnung verlassen hatte, dass ein paar Pfannkuchen ihn beruhigen könnten. Um diese Zeit am Vormittag war im Diner meist wenig los und er würde dort womöglich nicht so viele Leute antreffen. Er hatte nicht gedacht, dass es völlig leer sein würde – oder dass er Mollie hier antreffen würde.

„Bist du hergekommen, um etwas zu essen?"

„Nein. Ich war auf der Suche nach einem Job und habe gehört, dass Dixie gerade einstellt, deshalb bin ich hergekommen. Ich habe den Job bekommen! Ich habe noch nie als Kellnerin gearbeitet, aber ich werde alles geben." Sie lächelte zaghaft. „Ich habe beschlossen, nicht einfach nur herumzusitzen und meine Ranch der Bank in die Hände fallen zu lassen. Ich habe beschlossen, zumindest darum zu kämpfen."

„Das ist gut."

„Danke. Dafür brauche ich einen Job und ehrlich gesagt, bin ich ein wenig verängstigt. Dixie geht mit mir ein Risiko ein." Sie winkte Dixie zu, die durch den Durchgang zur Küche guckte.

„Hey, gutaussehender Cowboy", rief Dixie und winkte ihm zu. „Setz dich doch."

„Oh ja, warte, ich zeige dir, wo du sitzen kannst. Tut mir leid." Mollie griff nach einer am Boden liegenden Speisekarte und führte ihn zu einem Tisch.

Er lächelte. „Ist schon in Ordnung. Ich habe gehört, dass Claire mit einem Cowboy davongelaufen ist."

„Ja, ist sie", rief Dixie aus dem rückwärtigen Teil. Die Frau hatte Ohren wie ein Elefant. „Ihr Cowboys müsst unbedingt meine Kellnerinnen in Ruhe lassen."

Er lachte. „Ja, Ma'am. Aber ich habe keine Schuld,

also verbrenn bitte nicht meine Pfannkuchen."

„Du weißt, so etwas würde ich nie tun. Aber schön zu sehen, dass ihr zwei euch kennt. Das ist wirklich schön."

„Ja, das ist es." Er zwinkerte Mollie zu. „Also, wow, das ist wirklich eine Überraschung."

„Ja." Sie drückte die Speisekarte an sich und lächelte ihn an. „Eine schöne, für mich auf jeden Fall. Ich hatte nicht erwartet, dich jemals wiederzusehen. Ich kannte nicht einmal deinen Nachnamen. Und ich möchte dir sagen, dass mir der gestrige Abend wirklich peinlich ist. Aber du warst so nett zu mir und ich danke dir von ganzem Herzen."

„Mein Nachname lautet McCoy. Es tut mir leid, dass ich nicht dazu kam, dir meinen vollständigen Namen zu sagen. Ich bin froh, dass ich für dich da sein konnte." Sie blickten einander an. Eine Vielzahl an Gedanken schwirrte ihm durch den Kopf, als er sie anstarrte, immer noch fassungslos darüber, sie hier angetroffen zu haben.

„Ich wollte nicht alle meine Probleme so vor dir ausbreiten. Ich muss schon sagen, manchmal wenn mich etwas belastet, rede ich zu viel. Und ich bin eigentlich niemand, der sofort in Tränen ausbricht, das verspreche ich. Tatsächlich braucht es eine ganze Menge, bis ich zu weinen anfange, deswegen war es mir umso peinlicher, als ich zusammenbrach. Und du wurdest Zeuge all dessen, obwohl du doch eigentlich gekommen warst, um einen angenehmen Abend zu verbringen – und dann tauchte diese verrückte Frau auf und hat alle deine Pläne durcheinandergebracht." Sie schwenkte die Speisekarte mit zunehmender Frustration und legte sie dann vor ihn, so als wäre ihr in diesem Moment aufgefallen, dass sie sie ihm noch gar nicht gegeben hatte.

Aus einem Impuls heraus legte er seine Hand auf ihren Arm, bevor sie ihn wieder wegzog. „Mollie, es gibt nichts, wofür du dich entschuldigen müsstest. Ich bin froh, dass ich da war, um dir zumindest ein wenig zu helfen. Und es freut mich, dass du um dein Eigentum kämpfen wirst." Seine Hand glitt sanft über ihren Arm und blieb dann auf ihrer Hand liegen. Er redete sich selbst ein, es sei eine Geste des Trostes, aber ihm wurde klar, dass er sie berühren wollte. „Ich wünsche dir alles Glück. Vielleicht gewährt dir die Bank einen Aufschub, jetzt wo du einen Job hast und stoppt die Zwangsvollstreckung."

Sie nickte und er sah sie schlucken. Mit seinem Daumen rieb er sanft über die weiche Haut an ihrem Handgelenk und überlegte, was er am besten sagen sollte. „Ich bin mir sicher, dass Dixie dir eine gute Referenz schreiben wird, wenn du hier einen guten Job machst. Und sie fragst." Wiederstrebend löste er seine Hand von ihr und legte sie auf die Speisekarte, während sie sich aufrichtete und einen Oberschenkel gegen den Tisch lehnte.

„Das wäre großartig. Ich werde sie fragen. Um ehrlich zu sein, Beck, habe ich noch nie einen Kredit beantragt. Mein Großvater hat mein Auto gekauft – nun, es war das Auto meiner Großmutter, bevor sie starb – und ich brauchte nie einen Kredit für irgendetwas anderes, es ist ein bisschen nervenaufreibend." Sie atmete ein, so als wolle sie ihre Atmung beruhigen.

Er wollte ihr von ganzem Herzen helfen, sich zu beruhigen; schien die Situation jedoch nur schlimmer zu machen, indem er darüber sprach. Er nahm die Speisekarte und starrte sie an, obwohl er bereits wusste, dass er den Frühstücksteller und dazu Pfannkuchen wollte. Er liebte Dixies Frühstück. Die Frau konnte besser Eier kochen als jeder andere und ihre Pfannkuchen waren der Himmel auf Erden. „Ich nehme das Frühstücksspecial. Und einen Kaffee bitte und ein Wasser."

Für einen Moment sah sie bestürzt aus, dann wurde sie erneut rot. „Es tut mir leid. Siehst du, und schon habe ich wieder angefangen, über meine Probleme zu sprechen, anstatt deine Bestellung aufzunehmen, wie ich es sollte. Ich werde Dixie sagen, was du möchtest und dir in einer Sekunde deine Getränke bringen." Sie wirbelte herum und rannte praktisch zum Ausgabefenster am anderen Ende des Raums.

Beck beobachtete sie und seine Gedanken wirbelten umher. Mollie kam mit einer Tasse heißem Kaffee und einem Glas eiskalten Wasser zurück.

Sie stellte beides vor ihn auf den Tisch und trat einen Schritt zurück. „Möchtest du Milch oder Zucker dazu? Das hätte ich wohl fragen sollen. Ich werde besser werden. Das verspreche ich."

Sie war süß. „Ich trinke ihn schwarz, aber danke. Entspann dich. Die Leute, die hierherkommen, sind bodenständige nette Menschen. Sie werden es lieben, von dir bedient zu werden. Sei einfach so nett wie immer und du wirst es gut machen. Jeder wird dich lieben. Lächle dein hübsches Lächeln und sei hilfsbereit und niemand wird es dir schwer machen."

Ihr Lächeln wurde breiter. „Vielen Dank. Ehrlich gesagt war ich gestern noch unterwegs, um Stacheldrahtzäune zu reparieren. Ich sollte mich freuen, das jetzt nicht mehr tun zu müssen. Ich werde mich auf die positiven Aspekte konzentrieren und darauf vertrauen, dass aus dem Ganzen etwas Gutes entstehen wird. Vielleicht werde ich ein paar neue

Freunde finden können, wenn ich jetzt häufiger in der Stadt bin. Und alte Freundschaften erneuern können. Jetzt, wo mein Großvater nicht mehr da ist, ist es schrecklich einsam ganz allein da draußen. Ich brauche diesen Job, um eine Wohnung finden zu können, *wenn* es mir nicht gelingt, die Ranch zu retten. Entschuldige, ich spreche schon wieder über meine Probleme." Diesmal wurde sie richtig rot. „Ich werde jetzt gehen und auf deine Bestellung warten und dich hier in Ruhe sitzen lassen."

Er runzelte die Stirn. „Es ist niemand hier und ich rede gern mit dir."

Sie sah aus, als wäre sie sich nicht sicher, ob sie gehen oder bleiben sollte. „Nun, wenn du meinst. Ich rede auch gern mit dir, aber ich möchte dich nicht stören."

„Du störst mich nicht. Ich genieße deine Gesellschaft." Das stimmte, fiel ihm auf.

Etwas an Mollie beruhigte ihn und brachte ihn zum Lächeln. Und nach gestern war das eine wirklich gute Sache.

* * *

An den nächsten drei Tagen arbeitete Mollie jeweils von morgens bis nachmittags. Beck hatte recht gehabt:

jeder, mit dem sie zu tun gehabt hatte, war freundlich und zuvorkommend gewesen und auch wenn sie ein paar Bestellungen durcheinandergebracht hatte, stellte sie sich doch als brauchbare Kellnerin heraus. Sie war zwar nicht in der Lage, mehrere Teller auf einmal zu tragen, so wie sie das bei Peg, der älteren Kellnerin, gesehen hatte, aber Dixie und Peg versicherten ihr, dass sie das auch schaffen würde, wenn sie so lange durchhielte wie Peg. Zu ihrer Enttäuschung hatte sie Beck nicht noch einmal gesehen. Zweimal war sie ihm begegnet und wahrscheinlich hatte sie ihn beide Male in die Flucht geschlagen. Sie würde von Glück reden können, wenn er jemals wieder hierherkommen würde, sie plapperte zu viel und sprach ständig über ihre Probleme.

Warum hatte sie das nicht gelassen? Besonders als sie erfahren hatte, wie reich die McCoys waren? Sie musste mit der Bank sprechen, was brachte es da, Beck ihr Herz auszuschütten? Doch sie hatte einen Plan. Sie wollte mindestens fünf Tage arbeiten, bevor sie Dixie um eine Referenz bat. Sie brauchte eine gute – besser noch eine großartige – Referenz, wenn sie bei der Bank etwas erreichen wollte.

Es gelang ihr nicht, sich Beck aus dem Kopf zu schlagen. Er hatte ihr nicht viel über sich selbst erzählt, aber sie wusste ein paar Dinge über die Familie

McCoy. Sie waren in der Gegend wohlbekannt. Sie waren so wohlhabend, dass es die Grenzen dessen, was sie sich vorstellen konnte, weit überstieg und doch würde man das niemals ahnen, wenn man Beck gegenüberstand und sah, wie bodenständig und freundlich er war. Er hatte kein Wort über das Familienvermögen verloren, was daran liegen könnte, dass sie die ganze Zeit davon gesprochen hatte, dass sie kein Geld besaß.

Sie spielte nicht in seiner Liga, was dachte sie also überhaupt? Ihre Gedanken gingen mit ihr durch, dachte sie, als sie nach der Arbeit ihren Truck neben ihrem Haus abstellte. Sie war froh, Montag frei zu haben. Am Montag würde sie sich um einige Dinge kümmern: sie würde zur Bank gehen und ihr Auto verkaufen, damit sie etwas Geld hatte, eine Wohnung mieten zu können, sollte das nötig werden.

An diesem Tag waren ein paar ältere Damen, unter ihnen auch Miss Penny, zu ihrem wöchentlichen Beisammensein ins Diner gekommen. Es war das zweite Mal gewesen seit sie dort arbeitete und Dixie hatte ihr erklärt, dass sie sie einzuschätzen versuchten, wahrscheinlich, um anschließend ein Date für sie zu arrangieren. Nicht, dass Dixie wollte, dass sie das taten, Dixie wollte, dass sie bei ihr blieb. Es störte Mollie ein wenig, dass jeder dachte, ein Mann müsse

Bestandteil ihres Lebens sein. Dem war nicht so. Es half auch nicht gerade, dass ihr ein Mann im Kopf herumspukte. Ein Mann in ihrem Leben und ein Mann in ihrem Kopf waren nicht dasselbe.

Wenn sie ihr Leben erst in Ordnung gebracht hätte, würde sie vielleicht damit anfangen, nach jemanden Ausschau zu halten, mit dem sie sich verabreden konnte.

Sich auf einer Ranch zu verstecken und den ganzen Tag mit Kühen zu arbeiten, beschränkte eine junge Frau doch erheblich in der Auswahl. Doch das hieß nicht, dass sie einen Mann brauchte, damit ihr Leben besser wurde. Ihr erster Gehaltsscheck befand sich in ihrer Handtasche und sie war stolz auf diesen Zettel. Er stand für die Hoffnung, dass die Bank ihrem Anliegen Aufmerksamkeit schenken würde.

Sie zog sich um und fütterte ihre Hühner und Ziegen, bevor sie in den Garten ging. Im Sommer erntete sie eine Menge und auch im Herbst gab es stets noch eine große Auswahl an Obst und Gemüse. Ihre Erdbeeren gediehen prächtig, sie würde viel frische Marmelade zubereiten können. Sie würde mehr haben, als sie alleine verbrauchen konnte, aber das war nichts Neues. Samstagmorgens verkaufte sie immer etwas auf dem Bauernmarkt in Blanco. Die Leute liebten ihre Marmeladen und frischen Eier.

Sie goss ihre Paprika, als das Wasser plötzlich zu stottern begann und dann versiegte. Mit einem Seufzer legte sie den Schlauch hin und ging zu der kleinen Hütte hinüber, in der sich die Pumpe befand. Sie hasste das Gebäude und ging nur ungern hinein. Sie wusste nie, was sie darin antreffen würde.

Sie hatte von einem neuen Brunnen und einem automatischen Bewässerungssystem geträumt. Doch das würde nie geschehen.

Ihre Schultern sackten nach vorn, als sie die knarrende alte Tür öffnete und in die heruntergekommene Hütte spähte, die sich gefährlich zu einer Seite neigte. Die Hütte war ihr nicht geheuer. Sie ignorierte ihre Furcht, stampfte mit den Füßen und trat einen Schritt hinein, um nach der Kette greifen zu können, die in der Mitte des Gebäudes baumelte und die schwache Glühbirne einschaltete. Sie zitterte. Auch die Hütte stand auf der Liste der Dinge, die irgendwann repariert werden mussten. Viele Nächte lang hatte sie darauf gehofft, dass ein heftiger texanischer Sturm die Hütte hinwegfegen würde, aber bisher war ihr dieses Glück nicht vergönnt gewesen. Sie zitterte erneut, als sie an die großen Kükennattern dachte, die sich gerne auf den Sparren zusammenrollten und sie schon oft zu Tode erschreckt hatten.

Sie versuchte, sich keine Sorgen zu machen und konzentrierte sich auf die Ziffernblätter und Ventile. Als die Pumpe nicht reagierte, trat sie, weil ihr nichts mehr einfiel, dagegen. Daraufhin erwachte die Pumpe wieder zum Leben. Besorgt erinnerte sie sich daran, dass das nichts Neues war... die Pumpe machte schon Probleme, solange sie denken konnte, aber sie hatte immer irgendwie durchgehalten... sie ging zurück und goss ihren Garten zu Ende.

Ein Garten, der bald nicht mehr von ihr gegossen werden würde.

Ihr war schwer ums Herz, als sie an diesem Abend auf der Veranda saß und eines ihrer Ziegenbabys im Arm hielt. Sie vermisste ihren Großvater. Und bald würde sie diesen Ort vermissen. Und ihre Ziegen... sie liebte Babyziegen. Sie waren lästig und fraßen alles, was sie erwischten und in ihre kleinen Mäuler bekamen, aber sie waren bezaubernd. Ja, wenn sie größer wurden, wurden sie wahre Plagegeister. Sie zerstörten ihre Zäune und liebten es, Hüte zu verspeisen. Ihr Großvater hatte im Laufe der Jahre mehrere Hüte an die Ziegen verloren.

„Ich vermisse dich, Großvater", flüsterte sie in die Nacht hinein, während sie das weiche Fell der Babyziege streichelte. Ohne ihren Großvater würde es hier sehr einsam sein.

Die Ziege leckte ihr über die Wange und riss sie aus ihrer Melancholie. „Danke, Süße", flüsterte sie, als eine Träne über ihre Wange lief.

Schon wieder Tränen. Sie wusste, dass sie immer noch trauerte. Und besorgt und gestresst war. Also war sie sich selbst gegenüber nachsichtig, was die Tränen anging. Sie hoffte nur, dass sie irgendwann versiegen würden.

Sie blickte in die Sterne und ihre Gedanken wanderten zu Beck. Sie fragte sich, was er tat. Sie stellte sich vor, wie es wäre, wenn er sie in seinen Armen hielte… wie viel angenehmer wäre das!

Sie war alleine hier draußen, deswegen erlaubte sie es sich für ein paar Minuten, sich den Gedanken an ihn hinzugeben.

* * *

Beck landete in Chicago. Er hasste diesen Flughafen. Er liebte es zu fliegen, aber dieser Flughafen war so voll, dass es eine Plage war. Zum Glück durfte er mit seinen Privatjets an das weniger belebte Terminal. Er ließ Alex, seinen heutigen Copiloten, aussteigen und ihre Kunden verabschieden und füllte dann noch ein paar Papiere aus, bevor er sich erhob. Er hatte versucht, während der Arbeit nicht an die

Entscheidungen zu denken, die er treffen musste. Der Gedanke daran, wegzugehen, tobte in seinem Kopf umher und verursachte ihm beständige Kopfschmerzen. Er verließ das Flugzeug und ging über den Asphalt zum Hangar, wo er sich ein Getränk aus dem Automaten zog und die eingegangenen Nachrichten auf seinem Telefon überprüfte.

Denton wollte wissen, wie er sich entschieden hatte.

Ash wollte wissen, wie er sich entschieden hatte.

Sein Cousin Wade wollte wissen, wie er sich entschieden hatte.

Sein Cousin Todd wollte wissen, wie er sich entschieden hatte.

Sein Cousin Morgan wollte wissen, wie er sich entschieden hatte.

Und Caroline wollte wissen, wie er sich entschieden hatte.

Wow. Konnten sie nicht aufhören, ihn das zu fragen? Es reichte. Er stopfte sein Telefon wieder in die Tasche. Ein paar Minuten später begegnete er Jack Carson, als dieser gerade aus der Herrentoilette kam. Jack besaß ebenfalls ein Chartergeschäft. Er mochte Jack; sie waren immer gut miteinander ausgekommen.

„Hey Beck, ich habe Gerüchte gehört, dass dein Chartergeschäft demnächst zum Verkauf stehen könnte?"

In seinem Kopf begannen die Alarmglocken zu läuten. „Was hast du gesagt?"

„Das erzählt man sich hier. Ich habe es von jemandem, der eng mit deinem Großvater befreundet ist."

Dass sein Großvater dachte, dass er sein Geschäft übernehmen und es dann verkaufen könnte, bestürzte ihn zutiefst. Es war eine Sache, wenn sein Großvater sein Unternehmen übernahm, aber eine ganz andere, wenn er es quasi unter seiner Nase verkaufte. Allein der Gedanke daran rieb ihn auf. „Nein, Jack, ich denke, da hast du etwas Falsches gehört. Mein Chartergeschäft steht nicht zum Verkauf. Wir wissen doch beide, wie schwierig es ist, ein solches Geschäft aufzubauen. Ich verkaufe es nicht."

„Nun ja, ich dachte auch, dass es abwegig klingt. Ich meine, ich weiß, dass er Aktien besitzt, aber doch nicht die Mehrheit."

Beck konnte kaum sprechen, die Verzweiflung musste sich auf seinem Gesicht gezeigt haben, denn Jack sah ihn grimmig an. „Ja ich weiß, was du meinst. Aktionäre können einem schon auf den Du-weißt-schon-was gehen."

„Das kannst du laut sagen. Mein Großvater macht ein bisschen Ärger. Aber glaub mir, mein Geschäft steht nicht zum Verkauf. Danke, dass du es mir erzählt hast. Ich muss los – wir sehen uns. Wenn du wieder mal in der Gegend bist, ruf mich an und ich werde versuchen, dich irgendwo zu treffen... zum Abendessen vielleicht."

„Klingt gut. Eines Tages sollten wir vielleicht mal darüber reden, uns zusammen zu tun oder so. Wer weiß, was wir gemeinsam auf die Beine stellen könnten?"

Er sagte Jack nicht, dass er ihn, wenn es hart auf hart käme, würde fragen müssen, ob er nicht einen Piloten gebrauchen konnte.

Doch das behielt er im Moment erstmal noch für sich und brütete über das, was er gerade erfahren hatte. Er würde sich mit seinem Großvater treffen müssen. Er würde das nicht hinnehmen.

KAPITEL FÜNF

Mit einem Gefühl der Demütigung verließ Mollie die Bank.

Sie würde auf der Stelle zu ihrer Ranch zurückfahren, um in der Erde herumzuwühlen und mit ihren Ziegen zu spielen. In Kürze würde sie das nicht mehr tun können.

Der Berater war nicht unfreundlich gewesen, aber ein wenig herablassend, als er sie angesehen und gesagt hatte, dass die Ranch zu viel wäre für eine alleinstehende junge Frau und es so wahrscheinlich am besten war.

Was wusste er darüber, was für sie am besten war?

Sie war es leid, dass Männer dachten, sie wüssten, was für sie am besten war. Ihr Großvater hatte das getan und alles vor ihr geheim gehalten. Auch der Bank-Angestellte meinte zu wissen, was für sie am besten war und der kannte sie noch nicht einmal. Es war irritierend. Bevor sie es sich versah, war sie wieder zu Hause und strich sich den Rock ihres Kleides glatt. Sie hatte sogar ein Kleid angezogen, bevor sie zur Bank gefahren war. Wahrscheinlich wäre es besser gewesen, sie hätte ihre Jeans, Stiefel und ein altes Arbeitshemd getragen. Vielleicht hätte er sie ernst genommen, wenn er gesehen hätte, dass sie auf der Ranch tatsächlich arbeitete.

Sie hatte sich in ihrem ganzen Leben noch nie so unbedeutend gefühlt.

Sie blinzelte die Tränen zurück, als sie mit einem Mal ein Rumpeln hörte, dem ein Rasseln folgte, dann nichts mehr. Sie kannte diese Geräusche. Mit langsamen Schritten ging sie über den Hof zu der Seite des Hauses, wo sich der Brunnen und die Pumpe befanden. Das konnte sie im Moment gar nicht gebrauchen.

Ohne nachzudenken betrat sie die Hütte, sie sah nicht auf, sondern streckte nur die Hand aus, um an der Schnur zu ziehen, die das Licht einschaltete. Augenblicklich wurde die winzige Hütte von Licht erfüllt und sie starrte auf die verdammten Anzeigen, die zu nichts gut waren. Sie drehte einen Knopf und spielte mit einem anderen herum und hörte dann das Geräusch eines Motors. *Wer war gekommen?* Vielleicht war es der Postbote, der manchmal Post an ihre Haustür lieferte, wenn etwas kam, das so groß war, dass es nicht in ihren Briefkasten am Ende der Auffahrt passte. Wenn es der Postbote war, dann würde er die Post nur ablegen.

Sie trat mit dem Fuß gegen den Wassertank, ohne daran zu denken, dass sie Sandalen trug und nicht ihre Stiefel, und schrie vor Schmerz auf. Während sie ihren Fuß haltend herumsprang, blickte sie auf. Eine große schwarze Schlange hing von der Decke herab und starrte ihr direkt ins Gesicht.

Sie schrie laut genug, um noch am Nordpol gehört zu werden, als sie aus dem Gebäude stolperte und gegen harte Männermuskeln fiel. Starke Arme legten sich um sie und verhinderten, dass sie stürzte. Als sie aufsah, blickte sie in Beck McCoys Gesicht. Vor Erleichterung wurden ihr die Knie schwach. Wenn er sie nicht festgehalten hätte, wäre sie zu Boden gesunken. „Beck."

„Was ist los? Bist du verletzt?"

„Schlange", war alles, was sie herausbekam.

„Wo? Da drin?"

Sie nickte heftig und erlangte dann, Gott sei Dank, ihre Stimme zurück. „Meine Wasserpumpe spielt verrückt. Ich habe mit meiner Sandale dagegengetreten, nicht mit meinem Stiefel, und als ich aufsah, hing direkt vor meinem Gesicht eine Schlange.

Da bin ich durchgedreht. Ich bin ein Weichei."

Er lachte. „Du bist kein Weichei." Er drückte sie noch fester an sich.

„Bin ich. Ich kann nicht einmal meine Ranch retten, die dumme Schlange kann sie haben." Die Worte kamen unter Schluchzern heraus.

„Du weinst."

Als sie seine sanften Worte vernahm, blinzelte sie die Tränen fort, die ihr in die Augen getreten waren. Sie schniefte. „Warum fange ich jedes Mal, wenn wir uns sehen, an zu weinen?"

„Letzte Woche im Diner hast du nicht geweint."

„Einmal. Aber heute bin ich ein einziges Wrack."

„Komm, wir gehen zu deiner Veranda und du setzt dich. Dort kannst du zur Ruhe kommen. Ich werde mich um die Schlange kümmern, während du da oben sitzt, in sicherer Entfernung, okay?"

Er hielt immer noch ihre Hand und legte seinen anderen Arm um ihre Taille. Er führte sie zur Veranda und die Stufen hinauf, wo sie auf einen Stuhl sank. Sie wischte sich das Gesicht am Ärmel ab. *Nicht auszudenken, was dieser Mann von ihr denken mochte.* Sie konnte kaum glauben, dass sie neulich abends hier gesessen und an ihn gedacht hatte, sich Tagträumen hingegeben hatte, während sie auf ebenjener Veranda mit ihrer kleinen Ziege gekuschelt hatte. Sie war mitleiderregend. Babyziegen waren wahrscheinlich das einzige, womit sie in absehbarer Zeit kuscheln würde. Mit einem so schönen Mann jedenfalls sicher nicht.

„Bleib genau dort sitzen und atme ein paarmal tief durch. Hast du irgendwo eine Hacke? Oder eine Schaufel?"

Sie nickte in Richtung Haus. „Dort hinten in meinem Garten ist eine."

Er ging davon und sie wartete.

Wenig später kam er zurück und sank auf die oberste Stufe. „Die Schlange ist fort." Er legte den Kopf schief und blinzelte sie unter seinem schwarzen Stetson hervor an. Sein graues T-Shirt spannte sich über seiner Brust.

„Ich habe gesehen, dass du dort hinten einen Hühnerstall voller Hühner hast. Die wird sie auch nicht mehr stören. Du kannst es wahrscheinlich nicht gebrauchen, dass sie alle deine Eier frisst."

„Nein, das brauche ich nicht. Vielen Dank."

„Ich freue mich, dass ich zur Stelle war, um dir zu helfen."

Sein Gesichtsausdruck wurde ernst, als er sie betrachtete. Und dann fiel es ihr auf. „Was machst du eigentlich *hier*? Wie hast du mich gefunden?"

„Nun, ich bin zum Diner gefahren und du warst nicht da. Dixie hat mir gesagt, dass du montags frei hast. Sie hat mir deine Adresse mitgeteilt und gemeint, dass du zur Bank wolltest und wahrscheinlich einen Freund gebrauchen könntest."

„Das hat sie gesagt?"

„Ja, so ist Dixie. Sie ist wie eine Glucke. Sie schien sich Sorgen um dich zu machen. Wie ist es gelaufen?"

Sie starrte ihn an. *Sollte sie ehrlich zu ihm sein? Sollte sie ihm die Wahrheit sagen oder sollte sie einfach behaupten, dass alles in Ordnung war, sodass er nie erfahren würde, wie tief sie im Schlamassel steckte?* Ein paar Augenblicke verstrichen, in denen sie über ihren nächsten Schritt nachdachte. Aber er war so nett und den ganzen Weg gekommen und es war so einfach mit ihm zu reden. Sie seufzte. „Es ist nicht gut gelaufen. Überhaupt nicht gut. Ich pfeife auf dem letzten Loch, die Bank wird die Ranch bekommen."

* * *

Beck hatte gehofft, dass die Bank ihr eine Chance geben würde.

Nachdem er gelandet war, war er zur Ranch gefahren und hatte seinen Großvater zur Rede gestellt. Tatsächlich entsprang die Androhung des Verkaufs seines Chartergeschäfts dem Bestreben seines

Großvaters, die Herausforderung noch einmal zu verstärken. Er hatte gewusst, dass er ihn damit kriegen würde.

Er hatte das Bedürfnis verspürt, hierherzukommen und nach ihr zu sehen. Der Gedanke daran, dass sie alleine mit einem solchen Verlust fertigwerden musste, behagte ihm nicht. Und dann war ihm der Einfall gekommen, dass er ihr ein Angebot unterbreiten könnte. Ja, er könnte anbieten, sie zu heiraten, dann würde er die Schulden begleichen, die auf ihrer Ranch lasteten. Er würde ihr die Bank vom Hals halten und sein Chartergeschäft behalten können.

Es wäre für sie beide von Vorteil. Es wäre eine ungewöhnliche Ehe, aber vielleicht würde es sich für sie beide als Segen erweisen. Der Einfall hatte ihn wie ein Donnerschlag durchfahren. Und wo Donner war, da waren auch Blitze nicht weit. Er hatte darauf gewartet, von einem getroffen zu werden, aber nichts war geschehen.

Er wollte ihre Notlage nicht ausnutzen. So ein Mann war er nicht. Aber wenn er sein Angebot nicht unterbreitete, dann würde sie alles verlieren.

Er räusperte sich. „Was würdest du sagen, wenn ich dir einen Kredit anbieten würde?" Es war ihm nicht möglich, sein Heiratsangebot vorzubringen. „Lass mich dir Geld für deine Ranch leihen und du zahlst es mir anschließend zurück. Ich weiß, dass du mein Geld nicht annehmen möchtest. Auch wenn ich das nicht vielen Leuten gegenüber erwähne, aber ich könnte einen solchen Kredit ohne die geringsten Probleme gewähren. Du brauchst keine Zinsen zu zahlen. Es würde sich um einen Geschäftskredit handeln. Du kannst Verbesserungen vornehmen und diesen Ort auf einen Stand bringen, der es dir ermöglicht, deinen Lebensunterhalt damit zu verdienen. Du siehst mich an, als ob ich verrückt wäre, aber ich meine es ernst. Ich denke, das ist das Mindeste, was ich für dich tun kann."

„Nein. Das kann ich nicht tun. Ich meine, vielen Dank. Das ist das netteste Angebot, das ich je bekommen habe, aber nein. Die Bank wird sie bekommen und ich werde schon klarkommen. Du brauchst dir keine Sorgen um mich zu machen."

Er streckte seine Hand nach ihrer aus. „Bitte, nimm den Deal an. Es ist ein guter Deal." Doch er nahm ihre Hand nicht; er wartete nur ab und dachte, dass sie vielleicht zur Besinnung kommen und ihn doch noch beim Wort nehmen würde.

„Beck, das ist wahrscheinlich das netteste Angebot, das ich je bekommen habe. Aber ich kann dein Geld nicht annehmen."

„Doch, kannst du. Wie gesagt, es wäre ein

Geschäftskredit. Genauso, wie ihn dir die Bank geben würde." Er spürte eine gewisse Verzweiflung in sich aufsteigen. Er hatte es vermasselt.

* * *

Ein Geschäftskredit? Mollie dachte eine Sekunde darüber nach und kam zu dem Schluss, dass sie Becks Geld nicht annehmen konnte. Er sah so aus, als ginge ihm eine Menge durch den Kopf.

„Du kannst es haben. Ich verspreche dir, es wäre eine gewinnbringende Situation für dich. Ich glaube, du könntest diese kleine Ranch zum Erfolg führen."

„Das glaube ich auch, aber dafür gibt es keine Garantie. Aber ich kann dein Geld nicht annehmen, schon gar nicht, nachdem ich so oft an deiner Schulter geweint habe. Das ist ziemlich demütigend. Ich wette, bei deinem vielen Geld passiert es dir ständig, dass sich jemand an deiner Schulter ausheult. Ich komme schon klar."

Seine Lippen wurden zu einer flachen Linie und ihr Herz bebte unter dem Blick, den er ihr zuwarf, so als würde sie eine andere Sprache sprechen und er nicht glauben können, dass sie sein Angebot nicht annahm. *Nahmen ständig Leute Dinge von ihm an? Nein, das konnte sie nicht.* Auch wenn es verlockend klang. „Außerdem ist es ohne Großvater hier draußen ziemlich einsam. Ich weiß nicht, ob ich meine Zeit hier draußen ganz alleine verbringen möchte."

Erst nachdem sie das gesagt hatte, wurde ihr klar, wie sich das anhörte. *Dachte er, sie würde ihm ein Angebot unterbreiten?* Sie legte eine Hand auf ihre Hüfte, als sie aufstand. „Versteh mich nicht falsch. Das war keine Einladung, ich bin nicht auf der Suche nach jemandem, der hierherzieht und mir hilft. Es ist nur so, ich habe immer hier draußen allein mit meinem Großvater gelebt und weißt du, vielleicht verpasse ich etwas. Vielleicht hatte der Typ von der Bank recht, als er meinte, dass es für jemanden in meinem Alter gut wäre, sich eine Wohnung in der Stadt zu suchen und ein bisschen unter die Leute zu kommen. Das hat er mir jedenfalls geraten."

Becks Augen verengten sich zu Schlitzen. Sein Kiefer spannte sich an und sie konnte sehen, wie der Muskel dort arbeitete. Er verschränkte die Arme vor der Brust und erneut spannten sich Muskeln an. Der Mann war echt in Form. Es war nicht unbedingt hilfreich, dass ihr das immer wieder auffiel. Doch sie bemerkte noch das winzigste Detail, wenn es um ihn ging.

„Also gut. Ich denke, wenn du meine Hilfe nicht annehmen willst, kann ich dich nicht zwingen. Bist du sicher, dass alles okay ist?"

„Es geht mir gut. Und wirklich, Beck, du warst so großzügig und nett zu mir. Dabei kennst du mich noch nicht einmal. Das bedeutet mir viel. Ich weiß es zu schätzen, aber ehrlich gesagt, du schuldest mir nichts und musst nicht wieder vorbeikommen. Wir sehen uns wahrscheinlich im Diner. Trotzdem, vielen Dank nochmal und das meine ich von ganzem Herzen."

Er starrte sie eine volle Minute lang an und sah aus, als würde er noch etwas anderes sagen wollen, doch dann nickte er nur. „Okay, dann fahre ich jetzt. Ich weiß nicht, ob wir uns in den nächsten Tagen im Diner sehen werden – bei mir stehen ein paar Flüge an, ich besitze einen Charter-Service."

„Einen Charter-Service?"

„Ja, für Privatjets."

„Oh", keuchte sie. „Du bist Pilot. Das klingt aufregend."

„Ich liebe es. Ich liebe es, solange ich denken kann. Ich wollte nie etwas anderes als Pilot werden. Es ist ein bisschen komisch. Meine Eltern starben bei einem Flugzeugabsturz. Man könnte meinen, dass ich so weit wie möglich vor Flugzeugen davonlaufen würde. Mein Vater war derjenige, der das Flugzeug flog und ich fühle mich ihm immer näher, wenn ich dort oben in der Luft bin."

„Ich finde es wunderbar, dass du diese Liebe zum Fliegen mit ihm teilst." Das Gefühl, das ihm das Fliegen vermittelte, konnte sie sich nur vorstellen.

„Du kannst mal mitfliegen."

Ihr Herz machte einen Satz. „Wirklich? Das ist ein Angebot, das ich gern annehmen werde." Nach diesem schlecht verlaufenen Tag war sie nun so aufgeregt, dass sie ihre Arme um seinen Hals warf und ihn umarmte. Seine Arme schlangen sich um sie und für einen Moment zog er sie an sich, wie an dem Abend, an dem sie miteinander getanzt hatten.

Er roch so gut und sie hätte so gern ihren Kopf an seine Schulter gelegt, doch sie kam noch rechtzeitig wieder zur Besinnung und bemerkte, dass sie sich ihm in die Arme geworfen hatte. „Es tut mir leid." Sie zog sich zurück. „Ich war noch nie in einem Flugzeug, deshalb ist das für mich wirklich aufregend."

Sein Lächeln erwärmte ihr Herz.

„Ich erinnere mich noch daran, wie aufgedreht ich war, als ich zum ersten Mal ein Flugzeug betrat, deswegen verstehe ich das vollkommen."

Sie lächelten sich an. Ihr Herz stolperte quasi über sich selbst. Beck war freundlich und großzügig und anders als jeder Mann, den sie je kennengelernt hatte. Sie durfte nicht vergessen, dass er außerhalb ihrer Liga spielte.

„Gib mir deine Nummer, ich rufe dich an, wenn ich wieder in der Stadt bin. Und falls du dich entschließen solltest, mein anderes Angebot anzunehmen, das steht noch."

Sie tauschten Nummern aus, dann zwinkerte er ihr zu. „Denk dran, das Angebot steht."

Sie seufzte, als sie sah, wie er in seinen Truck stieg und davonfuhr. Leichten Schrittes ging sie hinein und schloss die Tür hinter sich.

Sie würde mit Beck fliegen.

Und nicht mehr an seiner Schulter weinen.

Auf keinen Fall.

KAPITEL SECHS

Die Sonne ging gerade unter, als Beck am Donnerstagabend sein Flugzeug auf der Landebahn hinter dem Weingut seines Cousins Todd landete. Er hatte die vergangenen zwei Flugtage genossen und viel Zeit zum Nachdenken gehabt, während er Kunden von New York an die Westküste geflogen und anschließend Leute von der Westküste nach Houston gebracht hatte. Alles hatte super geklappt. Heute war er nur eine kurze Distanz geflogen; er hatte es absichtlich so eingerichtet; so war er rechtzeitig zurück und konnte sich den folgenden Tag freinehmen. Sein Telefon klingelte, während er auf einen Abstellplatz zuhielt. Er hatte seinen Truck in der Nähe des Feldes geparkt, damit er nach der Landung zu seinem Haus fahren konnte ohne auf einen seiner Cousins oder Brüder angewiesen zu sein. Er hatte an die Bedingungen seines Großvaters gedacht und obendrein war ihm auch Mollies Situation immer wieder durch den Kopf gegangen.

Er hatte gewusst, dass sie seinen Kredit ausschlagen würde. Er hatte wieder und wieder darüber nachgedacht, wie er ihre Ranch retten konnte. Er hatte sogar mit der Idee gespielt, einfach die Bank anzurufen und die Ranch zu kaufen, aber das war lächerlich. Sie hatte ihren Stolz und wäre sicher wütend auf ihn, wenn er das täte. Doch er hatte beschlossen, dass er genau das tun würde, wenn es darauf ankam. Anders als sein Großvater dachte, besaß er eigenes Geld, das nicht mit seinem Unternehmen in Verbindung stand. Er war weder mittellos noch verzweifelt. Das Einzige, was sein Großvater in der Hand hatte, war die Tatsache, dass er in Bezug auf sein Chartergeschäft über eine gewisse Macht verfügte und seine Liebe für sein Unternehmen. Und den Fakt, dass er es aufgebaut hatte.

Er war immer noch am Grübeln, als er zu seinem schwarzen GMC-Truck mit den zwei Reihen Sitzen ging und einstieg. *Würde er das wirklich tun?* Er verließ den rückwärtigen Teil des Weinguts und fuhr auf dem Hauptweg des Anwesens hinunter zur Straße. Todd winkte ihm vom Feld aus zu. Er wendete den Truck, fuhr einen Seitenweg entlang, parkte und ging dann zu Todd, der sich um eine Weinrebe kümmerte.

Sein Cousin liebte sein Weingut. Am meisten mochte er es, Marmelade herzustellen. Es hatte schon seine Gründe, warum niemand vergleichbare Marmelade herstellte wie das McCoy Stonewall Weingut.

„Was machst du so? Ich habe dich landen sehen. Wie geht es dir?" Todd grinste.

„Mir geht es gut. Ich schätze, ich muss meinen Verstand verloren haben, denn ich denke darüber nach, es durchzuziehen, genau wir ihr es alle getan habt."

„Ja, es klingt zunächst schrecklich, aber wenn es dann darauf ankommt und man ein wenig darüber nachdenkt, dann ist es beinahe schwer, es nicht zu tun. Auch wenn die Dinge bei mir etwas anders lagen als bei den anderen, denn Ginny war eine von Allies Freundinnen und irgendwie hat sie genau dasselbe gebraucht wie ich. Ich weiß nicht recht, es war also vielleicht… Schicksal. Für mich ist es wunderbar ausgegangen, deswegen rate ich dir, es auch zu tun. Es ist eine Art Win-Win-Situation. An wen hast du gedacht?"

„Ich habe sie vor ein paar Tagen kennengelernt. Ich war in der Gruene-Tanzhalle, ich musste mal raus, bevor unser Großvater sein Gespräch mit mir führte. Und da habe ich sie kennengelernt. Sie macht gerade eine schwere Zeit durch. Ich habe versucht, nicht darüber nachzudenken, aber es lässt mir keine Ruhe, dass ich ihr vielleicht helfen könnte und gleichzeitig auch mir selbst. Aber weißt du, sie ist eine Fremde… sie müsste wirklich, wirklich verzweifelt sein, um das zu tun. Ich habe gerade mit Wade telefoniert, weißt du, denn Allie war auch verzweifelt damals, aber auf eine andere Art. Und jetzt, wo ich darüber nachdenke, glaube ich, dass deine Ginny – ich glaube, ihre Verzweiflung war Mollies Situation ähnlicher, denn auch bei ihr geht es um Land, das seit Ewigkeiten im Familienbesitz ist. Wie ich auch schon zu Wade gesagt habe, möchte ich sie aber auf keinen Fall irgendwie ausnutzen."

Todd legte seine Schere zum Zurückschneiden der Reben in einen Korb, nahm dann seinen Cowboyhut ab und schlug ihn sich gegen den Oberschenkel, während er Beck zublinzelte. „Mehr als fragen kannst du nicht. Ginny und ich, wir mochten uns nicht einmal, als wir uns darauf einließen, aber da es für beide Seiten von Vorteil war, haben wir es getan. Wenn also die Chance besteht, dass du dieser Frau helfen kannst, dann biete es ihr an – breite es vor ihr aus und lass sie entscheiden."

„Ja, das gleiche hat Wade auch gesagt. Ich weiß nicht, ob ich die Entscheidung noch herauszögere, weil ich sie nicht ausnutzen möchte oder weil ich es nicht tun will."

„Beck, ich habe dich nie als Feigling gesehen, sondern immer als Innovator. Du hast erkannt, was du wolltest und dich dann dafür eingesetzt. Du hast ein erstaunliches Geschäft aufgebaut – du willst doch nicht, dass das jetzt den Bach runtergeht."

Bitterkeit überfiel ihn. „Nein, das möchte ich nicht. Ich habe diese Woche erfahren, dass Großvater mein Unternehmen verkaufen wird, er wird alles nehmen, wofür ich gearbeitet habe und es verkaufen – wahrscheinlich auch noch zu einem Spottpreis, nur um mich wütend zu machen. Das ist alles, was er gegen mich in der Hand hat – er weiß, dass ich nicht möchte, dass er es verkauft. Er weiß, dass ich damit leben könnte, wenn es immer noch den Namen McCoy trägt, es hätte so immer noch Ähnlichkeit mit dem, für das ich so hart geschuftet habe. Aber wenn er es verkauft… meine Güte, es wird den Namen von jemand anderem tragen. Mein Konzept würde über den Haufen geworfen und es wäre ganz das Unternehmen eines anderen. Es wäre so, als hätte es all meine Arbeit nie gegeben. Das kann ich nicht ertragen. Mein Großvater ist schon ziemlich abgebrüht."

Todd lachte. „Ja, das ist er – mein Großvater war genauso. Ich denke, wir sind aus demselben Holz geschnitzt. Und ich will damit nicht sagen, dass es richtig ist, was sie tun, aber ich denke, wir sollten uns auf die Herausforderung einlassen. Ich finde es gut, dass ich es getan habe – ich habe mich gewagt und Ginny auch. Komm schon, mach es. Wenn nichts anderes dabei herauskommt, dann hast du zumindest dein Erbe gerettet und dem Mädchen, wer auch immer sie ist, geholfen, dasselbe zu tun."

„Ich komme wahrscheinlich morgen mit ihr hierher – ich werde mit ihr fliegen, denke ich. Den Tag mit ihr verbringen, sie kennenlernen, und dann werde ich entscheiden, ob ich sie fragen werde. Wenn du mich siehst, platze nicht mit irgendwas heraus. Denn es gibt keine Garantie, dass ich es am Ende des Tages tun werde. Ich werde meinen Stolz herunterschlucken müssen um das zu tun, was mein Großvater von mir verlangt. Sich seinen Forderungen zu beugen und zu heiraten, um meine Firma zu retten."

„Du kannst das. Wir alle haben es getan und es war ein Segen. Viel Glück. Ich werde nichts anderes sagen als Viel Glück."

„Vielen Dank. Das werde ich brauchen."

* * *

Mollies Telefon klingelte, als sie gerade damit fertig war, die Ziegen zu füttern. Seit dem Abend, an dem er gekommen war, um ihr einen Kredit anzubieten und sie vor der Schlange zu retten, hatte sie nichts von Beck gehört. Als sie seinen Namen auf dem Display ihres Handys sah, machte ihr Herz einen verrückten Salto.

Reiß dich zusammen.

„Hallo." Ihre Stimme klang atemlos und sie konnte nichts tun, um das zu verbergen. Sie hoffte, dass er annahm, sie wäre über ein Feld gelaufen oder so, und nicht atemlos, weil sie mit ihm sprach.

„Mollie, tut mir leid, dass ich die ganze Woche über nicht angerufen habe, aber ich bin in der Stadt und habe morgen frei. Bist du immer noch für einen Flug zu haben? Ich kann dich gegen zehn abholen, wenn das für dich passt?"

Wenn das für sie passte? Oh ja, das tat es. „Auf jeden Fall, aber du musst mich nicht abholen. Es ist eine lange Fahrt für dich. Ich kann selber dorthin fahren, wo dein Flugzeug steht."

„Nein, ich werde dich abholen und dann später wieder nach Hause bringen. Keine große Sache. Bist du immer noch aufgeregt deswegen?"

„Ja. Sehr aufgeregt."

„Gut. Stell dich darauf ein, dass wir den ganzen Tag unterwegs sind, wenn das zeitlich für dich kein Problem ist."

Den ganzen Tag? „Ich habe morgen nichts

anderes vor. Mein normaler... morgens füttere ich meine Ziegen, mein Vieh und meine Hühner und wahrscheinlich renne ich vor einer Schlange davon oder so. Aber das kann ich alles bis zehn erledigt haben, wenn du kommst."

Er lachte. „Wenn ich nach deinen Hühnern sehen soll, wenn ich da bin, dann tue ich das. Oder nach deiner Wasserpumpe. Ich möchte nicht, dass du schon wieder vor einer Schlange davonrennen musst."

„Danke, aber ich schaffe das schon. Ich habe sprinten geübt, das sollte also kein Problem darstellen."

Sie legte auf und konnte es immer noch kaum glauben, dass sie morgen zum ersten Mal fliegen würde und dann auch noch in einem Learjet. Am vergangenen Abend hatte sie online nach Beck und seiner Firma McCoy Flight Charters gesucht und er hatte so gut ausgesehen, wie er da auf einer Landebahn vor seiner Flugzeugflotte stand. Überrascht hatte sie festgestellt, dass er auf dem Foto seinen schwarzen Cowboyhut und ein T-Shirt trug. Er hatte darin so lässig und sexy ausgesehen und stolz gegrinst. Sie hatte auch eines gefunden, auf dem er einen Anzug trug, aber auf den meisten Bildern war er lässig gekleidet. Er war ein lässiger Typ und diese Kleidung stand ihm ungeheuer gut. Erneut schärfte sie sich ein, dass sie besser auf ihre Hormone und ihre Bewunderung für diesen Mann achtete, da sie andernfalls verletzt würde, aber sie konnte nichts dagegen tun. Offensichtlich würde sie in diesem Monat verletzt werden, auf die eine oder andere Weise, aber im Moment kümmerte sie das nicht.

In der Nacht hatte sie kaum geschlafen. Als es zehn Uhr wurde, war sie bereits eine Weile im Vorgarten auf und ab gegangen, als er den Weg entlanggefahren kam. Sie hatte sich für eine weiße Jeans, ein pinkfarbenes Shirt und Sandalen entschieden und fragte sich nun, ob sie die richtige Kleidung trug. Sie wusste nicht, was sie tun würden – ob sie irgendwo landen oder nur eine Runde fliegen und dann auf direktem Weg nach Hause zurückkehren würden. Ihr wurde schwindelig vor Aufregung, als er aus seinem Truck stieg.

Er grinste, während er auf sie zukam. Sein schwarzer Hut war übermütig nach hinten geschoben. Er sah gefährlich aus – gefährlich für ihr Herz – das wusste sie ohne jeden Zweifel.

„Soll ich deine Hühner füttern?"

Sie lachte, froh darüber, dass sich ihre Gedanken auf etwas anderes fokussieren konnten als auf ihre eigene Fantasie. „Nein, das habe ich bereits erledigt. Aber danke, dass du gefragt hast."

Er lachte und seine Augen funkelten. „Du siehst hübsch aus heute. Ich glaube, das klang komisch – du siehst immer hübsch aus. Wie auch immer, komm. Heute wird ein toller Tag. Ich habe unseren Flugplan zusammengestellt und ein paar Überraschungen parat."

„Was machen wir denn? Ich dachte, wir machen nur eine kleine Spritztour."

Er öffnete die Tür seines Trucks und wartete darauf, dass sie einstieg. Das tat sie, und oh, er roch einfach himmlisch, als sie auf den Sitz rutschte.

Eine Hand lag auf der Tür, als er sie mit einem jungenhaften Grinsen ansah. „Wir machen eine kleine Spritztour, aber das bedeutet nicht, dass es eine *kurze*, kleine Spritztour sein muss... vielleicht wird es auch eine längere kleine Spritztour. Wie auch immer, sag mir einfach, wenn du zurück nach Hause willst, dann bringe ich dich zurück. Bis dahin habe ich den Tag geplant. Solange du nicht am Himmel plötzlich feststellst, dass dir das Fliegen nicht gefällt, ist für alles gesorgt."

Aufregung stieg in ihr auf wie prickelnder Champagner. „Nun, das kann ich nicht ablehnen. Ich weiß nicht einmal, warum du dich dafür entschieden hast, mir das alles angedeihen zu lassen, aber ich werde es genießen, solange es dauert."

Seine Augen schienen sich bei ihren Worten ein

wenig zu trüben. Dann schloss er ihre Tür, ging um die Front herum und stieg ein. Sie brauchten ungefähr dreißig Minuten, um von ihrer Ranch zum McCoy-Weingut zu gelangen. Sie passierten das Haupttor und fuhren an den Weinbergen entlang. Es war wunderschön hier. Das Flugzeug stand an einer langen Landebahn im hinteren Teil des Anwesens für sie bereit.

Ihr fiel auf, wie verschieden ihrer beider Welten doch waren. Dieser Mann besaß eigene Learjets und seine Familie verfügte über eine eigene Landebahn.

Sie konnte nicht ergründen, wie viel Geld für all das nötig war. Auf einmal kam sie sich wie Cinderella vor... und war sich nur zu bewusst, dass die Uhr früh genug Mitternacht schlagen würde.

Sie hatte die ganze Woche über nach einem Apartment Ausschau gehalten, dessen Miete sie sich würde leisten können, war bisher aber nicht fündig geworden. Nichtsdestotrotz war sie voller Hoffnung. Dieser Ausflug mit dem Flugzeug hatte ihr etwas gegeben, auf das sie sich freuen konnte, doch eigentlich war es die Aussicht darauf, Zeit mit Beck zu verbringen, die für ihre gehobene Stimmung gesorgt hatte.

Wenige Minuten später betraten sie das Flugzeug.

Sein Innenraum war wunderschön und bot mehr Platz, als es von den Außen den Anschein erweckt hatte. Die schönen glänzenden Ledersitze sahen einladend aus und waren noch leer. Es würden nur sie beide sein auf diesem Ausflug und sie vermochte es kaum zu glauben.

Er bedeutete ihr, ihm ins Cockpit zu folgen. „Du wirst hier sitzen." Er deutete auf den Sitz neben seinem und half ihr dann beim Anschnallen, bevor er seinen Platz einnahm.

Kurz darauf startete er mit einem Lächeln und einem Augenzwinkern den Motor und sie rollten die Startbahn entlang.

Noch nie hatte sie etwas aufregenderes erlebt, dachte sie, als sich die Reifen vom Boden lösten und sie sich plötzlich in der Luft befanden. Der Boden blieb immer weiter unter ihnen zurück, je höher sie in den Himmel stiegen. Sie schnappte nach Luft und konnte das aufgedrehte Lächeln nicht unterdrücken, das über ihr Gesicht tanzte, als sie sich zu ihm herumdrehte.

„Ich kann nicht glauben, dass du das ständig tust."

Er lachte. „Ich auch nicht. Jetzt lehn dich zurück und genieß den Flug."

Sie starrte in den wunderschönen blauen Himmel

und es fühlte sich an, als wären alle Sorgen in ihrem Leben auf dem Boden zurückgeblieben, als sie die Wolken erreichten. Es war faszinierend. Unglaublich faszinierend.

„Lässt einen irgendwie mehr an das große Ganze denken, wenn man hier oben ist, nicht wahr?"

„Ja, genau das habe ich auch gerade gedacht. Es ist erhebend, stimmts?"

„Das finde ich auch. Meine Cousins und Brüder haben alle verschiedene Interessen. Wir sind gemeinsam aufgewachsen, lieben aber trotzdem ganz unterschiedliche Dinge. Für mich ist es der Himmel. Ich habe den Himmel schon geliebt, bevor ich das erste Mal hier oben war."

„Ich verstehe warum."

Sie flogen eine Weile schweigend dahin und sie schwelgte in dem friedlichen Anblick, den ihr die Wolken boten.

„Wie war deine Woche? Hat es sich die Bank noch einmal überlegt?"

„Überlegt? Nein. Ich habe die letzten zwei Tage mit Packen verbracht. Das schmerzt. Aber ich zwinge mich, mich damit auseinanderzusetzen. Das hier ist eine äußerst willkommene Ablenkung."

„Gut. Freut mich, dass ich helfen kann. Du bist

also immer noch nicht daran interessiert, die Ranch zu retten?"

„Ich habe mir den Kopf darüber zerbrochen, einen Ausweg zu finden, aber ich sehe keinen. Dein Angebot in Bezug auf einen Kredit war wirklich nett, aber ich kann es trotzdem nicht annehmen. Die Ranch ist dem Untergang geweiht und das weiß ich. Ich werde es überleben. Es könnte schlimmer sein, weißt du? Ich versuche, dankbar zu sein."

Er nickte, doch sie gewann den Eindruck, dass er nicht glücklich war.

KAPITEL SIEBEN

Becks Ziel war Destin, Florida. Bis dahin war es nur ein kurzer Flug. Jetzt wünschte er, er hätte eine längere Strecke gewählt, aber er hatte mehr als nur den reinen Flug eingeplant.

Sie hatten über ihren Job und all die Einwohner von Stonewall gesprochen, die sie bisher kennengelernt hatte. Penny, eine langjährige Freundin der Familie McCoy und einige ihrer Freundinnen hatten regelmäßig vorbeigeschaut und sie mochte sie sehr. Außerdem hatte sie seine Schwägerin Blaze kennengelernt und erstaunt zur Kenntnis genommen, dass diese früher als Chauffeurin gearbeitet hatte.

„Ich kann mir nicht einmal vorstellen, dass eine Frau diesen Job ergreifen will. Aber ich finde es irgendwie cool. Ich selbst würde wahrscheinlich mit jemandem verloren gehen, wenn ich versuchen würde, als Chauffeurin mein Geld zu verdienen."

Er lachte. „Nun, es kommt wahrscheinlich immer mal wieder vor, dass sich ein Chauffeur verfährt, das wäre also nicht das Ende der Welt."

Sie schwieg für einen Moment und beobachtete das Land unter ihnen. Dann sah sie ihn an. „Wahrscheinlich nicht. Aber was ich meine, ist, es gibt einfach ein paar Dinge, die ich nie in Betracht gezogen habe, die so unkonventionell sind, dass ich dachte, niemand würde sie tun. Ich glaube, ich fange an zu überlegen, was ich tun werde, wenn ich nicht mehr auf der Ranch lebe."

Nimm mein Angebot an, wollte er sagen. „Dir wird etwas einfallen. Wenn dir nicht noch ein Einfall kommt, wie du sie behalten kannst." Er hoffte immer noch, dass sie sein Angebot annehmen würde – oder vielleicht das neue, wenn er sich denn entschließen würde, es ihr zu unterbreiten.

„Das wird nicht geschehen. Ich denke über andere Optionen nach. Nicht, dass ich Chauffeur oder Pilot werden möchte, aber ich sollte mir wahrscheinlich etwas anderes suchen als die Arbeit bei Dixie. Auch wenn meine Trinkgelder ziemlich gut sind. Ich bin überrascht, wie viel ich nach Hause bringe. Ich weiß auch nicht – ich habe nicht viel darüber nachgedacht. Aber lass uns heute nicht über mich sprechen. Wir sollten uns auf diesen großartigen Ausflug konzentrieren."

Er wollte über sie sprechen. Er wollte sie überzeugen, dass sie… was? *Ihn heiratete?*

Der Gedanke tobte in seinem Inneren wie ein heraufziehender Sturm. Er nahm noch an Intensität zu, während er das Flugzeug auf einem kleinen Flughafen in der Nähe von Destin landete.

Er hatte nicht so richtig gewusst, wohin er mit ihr fliegen sollte, hatte ihr aber einen schönen Tag bereiten wollen. Er wollte ihr den Tag versüßen und nichts schien Menschen so sehr den Tag zu versüßen wie ein Ausflug zum Strand. Hübsches blaues Wasser und eine gute Mahlzeit mit Blick über die Bucht klangen nach dem perfekten Ort für eine Landung zum Mittagessen.

Sie blickte ihn an, nachdem sie gelandet waren. „Ich kann kaum glauben, dass wir schon in Florida sind." Ihr Lächeln war riesig.

Er mochte ihr Lächeln.

„Das Wasser ist unglaublich, findest du nicht?"

Ihre Augen funkelten und es gefiel ihm, sie so aufgeregt zu erleben. *So sah sie also aus, wenn sie nicht von Sorgen niedergedrückt wurde.*

Er starrte sie an. „Es ist wunderbar." Er lächelte. „Eines Tages unternehmen wir mal einen längeren

Flug und ich bringe dich nach Key West. Wenn wir schon über blaues Wasser sprechen – dort ist es wunderschön. Oder wir könnten auf die Bahamas fliegen."

Ihre Augen weiteten sich. „Wirklich?"

„Ich fliege gern, auch an meinen freien Tagen."

Er hatte einen offenen Jeep geordert, der für sie bereitstand, und genoss ihre Freude, als sie sich anschnallten und er sie die Küstenstraße entlangfuhr. Ihre Erregung machte ihm deutlich, wie viele Dinge in seinem Leben er für selbstverständlich gehalten hatte. Er flog überall hin; es war nichts dabei, wenn er sich dazu entschied, in seinem Lieblingsrestaurant zu speisen – flog er einfach dorthin, so wie heute. Er stieg einfach ein und schon war er da.

Der Verkehr auf der Straße am Meer war nicht zu schlimm; sie passierten einige große Resorts und nahmen dann eine Abzweigung, die zu einem kleinen Strandrestaurant führte. Ein Surfbrett zierte die Vorderseite des Gebäudes und ein verrückt aussehender kleiner Zeichentrickkerl hieß sie willkommen. Er ging um den Jeep herum und half ihr aus dem Wagen. Als er nach ihrer Hand griff, spürte er, wie ihn ein elektrischer Schlag durchfuhr. Er hatte sich noch nicht daran gewöhnt, dass es ihr mühelos gelang, bei ihm nur mit einer Berührung oder einem

Augenzwinkern einen Schauer der Erregung auszulösen.

Und dann war da noch dieses starke Mitgefühl, das ihn jedes Mahl überfiel, wenn sie sich Sorgen machte. Er konnte deutlich erkennen, wenn dies der Fall war. Sie runzelte dann meist leicht die Stirn und biss sich auf die Unterlippe. Sie trug viel mit sich herum, das ging ihm wirklich gegen den Strich, außerdem rief es ihm einmal mehr ins Bewusstsein, wie selten er sich selbst in seinem Leben hatte Sorgen machen müssen. Es hatte stets einen sicheren Hafen gegeben, wenn er einen gebraucht hatte. Bis jetzt. Bis sein Großvater plötzlich begonnen hatte, so abwegig zu agieren, dass Beck seine geistige Gesundheit in Frage stellte.

Er verdrängte diese Gedanken vorerst aus seinem Kopf. Er würde sich auf das Mittagessen konzentrieren und darauf, diese Frau zum Lächeln zu bringen.

Sie schenkte ihm ein Lächeln und er erwiderte es. „Was für ein süßes Lokal. Und dann hast du auch noch gesagt, dass es hier richtig gutes Essen gibt. Allerdings könnte es hier auch das schlechteste Essen der Welt geben und ich würde mich nach diesem erstaunlichen Flug immer noch freuen. Dies hier ist nur das i-Tüpfelchen. Ich habe noch nie in einem Restaurant am Strand gegessen. Ich bin so aufgeregt."

Diese Frau musste ganz offensichtlich mehr rauskommen. Im Leben gab es mehr als ihre Ranch. „Du solltest öfter Dinge unternehmen. Ich habe dich hergebracht, weil ich dieses Restaurant liebe und wollte, dass du dich mal für eine Weile entspannst."

„Das ist dir gelungen."

Sie gingen hinein und sein Freund Lee Jordan winkte ihm von seinem Platz hinter der Bar aus zu, als er sie entdeckte. „Beck McCoy. Komm rein. Ich habe deinen Lieblingstisch für dich und deine Lady freigehalten. Geht schonmal raus, ich komme in ein paar Minuten zu euch."

Er sagte nichts zu Lees Kommentar in Bezug auf „seine Lady", bemerkte aber die leichte Röte, die sich bei diesen Worten auf ihre Wangen geschlichen hatte. „Danke, Lee. Ich stelle sie dir vor, wenn du nach draußen kommst."

„Klingt gut."

Sie gingen durch den vollen Innenraum nach draußen auf die Terrasse, die sich über dem Wasser erstreckte. Er ging direkt zu ihrem Tisch. „Ich liebe diesen Tisch. Er befindet sich direkt hier in der Ecke und man kann das Wasser dort drüben sehen oder direkt von oben. Meist kann man ein paar Fische entdecken. Man weiß nie, was für welche man zu sehen bekommt. Einmal habe ich eine Seekuh und ein anderes Mal einen Tarpun gesehen, große glänzende Fische und ab und zu einen Tümmler."

„Wow, das klingt großartig, aber ich freue mich auch riesig über das Wasser."

Als sie sich setzten, schwebte eine Gruppe Pelikane tief über dem Wasser vorbei.

„Sieh mal! Oh, meine Güte, schau, wie sie fliegen. Als wären sie auf einer Mission."

„Einer Futtermission, um Fische in sich hineinzuschaufeln." Um diese Tageszeit tat man eben genau das. „Siehst du, dort drüben?"

Sie lachte. „Das ist wirklich cool. Schau, wie er ihn runterschluckt – oh mein Gott, mit einem einzigen gewaltigen Satz. Das muss ich fotografieren."

„Leg dein Telefon auf den Tisch, dann hast du es zur Hand, wenn er das nächste Mal vorbeifliegt."

Sie zog es aus ihrer kleinen Handtasche und legte es auf den Tisch, bevor sie zu ihm aufsah. „Das ist alles ganz normal für dich."

„Ich muss zugeben, das ist es wirklich. Wenn ich jemanden herfliege – also, wenn jemand in den Urlaub reist oder so – dann kehre ich normalerweise nicht wieder um, sondern komme zum Mittagessen hierher. Lee und ich sind zusammen zur Schule gegangen, ihm gehört dieses Restaurant und es läuft gut. Bei ihm bekommt man ausgezeichnetes Essen, deshalb komme ich gerne vorbei und besuche ihn, wann immer ich kann."

„Machst du das auch anderswo?"

„Ja. Wenn ich irgendwo hinfliege, dann versuche ich immer herauszufinden, wo es das beste Essen gibt und probiere es. Manchmal ist mein Flugplan so voll, dass mir keine Zeit für Abstecher bleibt, aber heutzutage kann ich mir meine Ziele selbst aussuchen, mein Team übernimmt den Rest. Ich glaube, ich bin ein bisschen verwöhnt... ich fliege dieser Tage nur noch die Strecken, auf die ich Lust habe." Er runzelte die Stirn, als ihm einfiel, dass dies nicht mehr lange der Fall sein würde. „Auch wenn sich demnächst einiges ändern wird."

Sie starrten einander an. Mollie schluckte und sah aufs Wasser hinaus. „Womöglich treffe ich es besser, wenn ich Stonewall verlasse", sagte sie abwesend. „Vielleicht sollte ich an einen Ort wie diesen ziehen und von vorn beginnen. Das Wasser ist wunderschön. Ich kann mir gar nicht vorstellen, wie es wäre, jeden Tag aufzuwachen und zu wissen, dass dieses schöne Wasser sich direkt vor meiner Nase befindet. Ich bin nicht länger an die Ranch gebunden. Wenn ich erst einmal ein wenig Geld gespart habe, kann ich hingehen, wohin ich will. Nichts hält mich in Stonewall, und wenn ich es optimistisch betrachte, dann steht mir die ganze Welt offen. Ich kann tun, was immer ich will und das…" Sie wandte sich lächelnd der Brise zu, die ein paar ihrer Haarsträhnen erfasste, dann schloss sie die Augen und drehte ihr hübsches Gesicht der Sonne entgegen.

Er beobachtete sie aufgewühlt. Sie war wunderschön und es berührte sein Herz, sie an diesem Scheideweg in ihrem Leben zu sehen, einer Situation, in der sie sich nicht befinden wollte, aus der das Beste zu machen sie jedoch entschlossen war.

Für einen Moment stellte er sich selbst in Frage. *Was, wenn sie recht hatte? Was, wenn dies wirklich der Zeitpunkt wäre, an dem sie besser ein neues Leben begann?*

Sie blickte wieder ihn an. „Das hier – es ist wunderbar. Kannst du dir das vorstellen? Ich meine, ich mag Hill Country und alles dort. Es war mein Zuhause – ich habe mich dort immer wohlgefühlt – aber ich könnte mich daran gewöhnen, jeden Tag in einem solchen Restaurant zu arbeiten und bei dieser Aussicht Leute zu bedienen."

„Ja, das glaube ich dir. Du hast recht – es gibt nichts, was dich zurückhält. Wenn es das ist, was du willst. Du kannst alles tun, worauf du Lust hast."

Sie spielte mit ihrer Serviette herum. „Vielleicht könnte ich einen Job an einem Ort wie diesem bekommen. Ich wette, ich würde ein gutes Trinkgeld verdienen, vielleicht könnte ich dann abends noch ein paar Online-Business-Kurse belegen. Wer weiß, vielleicht würde ich eines Tages gern selbst ein Lokal wie dieses eröffnen." Sie lächelte breit und gewinnend. Beinahe hatte es den Anschein, als wäre sie mit ganzem Herzen von diesem Gedanken überzeugt, doch völlig glücklich wirkte sie nicht. Eher so, als ob sie sich dazu gezwungen hätte. „Du könntest einfliegen und vorbeikommen und bei mir essen. Wie cool das klingt. Vielleicht sollte ich deinen Freund in dieser Angelegenheit um ein paar Tipps bitten."

„Mich worum bitten?", fragte Lee und trat zu ihnen.

Auf dem A&M College, das sie beide besucht hatten, hatte Lee Football gespielt. Er war groß, breitschultrig und sah gut aus, und er lächelte Mollie mit einem strahlend weißen Lächeln an. Sie sah zu ihm auf und war wahrscheinlich interessiert. Lee hatte nie Probleme gehabt, wenn es um Frauen ging. Er schenkte ihr sein *Du-bist-wunderschön-lass-uns-Reden-Lächeln*. In einem Anflug von Besitzdenken zog sich Becks Brust zusammen. Er wollte Lee sagen, er solle sich zurückziehen und keine Spiele mit Mollie spielen. Doch er sagte nichts. Er hatte keinen Anspruch auf sie.

„Ich habe gerade zu Beck gesagt, dass ich vielleicht an die Küste ziehen möchte. Es gibt nichts mehr, was mich in Stonewall hält und ich überdenke mein Leben. Ich hätte nichts dagegen einzuwenden, irgendwo am Strand zu arbeiten. Es ist so schön. Ich kann nur nicht verstehen, wie es möglich ist, dass du dich nicht jeden Morgen kneifst, wenn du aufwachst und all die Schönheit um dich herum erblickst."

Lee warf den Kopf zurück und lachte. Er verschränkte die Arme und grinste sie an, ein echtes Grinsen diesmal. „Nun, ich denke, ich tue etwas in dieser Art. Ich liebe Texas. Ich bin mit Beck zur A&M gegangen und es hat mir sehr gut gefallen, musst du wissen. Aber jetzt habe ich das Beste aus beiden Welten – meine Familie lebt in Texas und mein Zuhause befindet sich hier. Versteh mich nicht falsch, mein Herz gehört für immer Texas, aber dies hier ist meine zweite Wahl und ich fahre oft nach Hause und besuche meine Familie."

„Das ist schön. Ich bin mir sicher, deine Familie freut sich immer sehr, wenn du nach Hause kommst."

„Ja, und sie kommen auch gerne zu mir. Sie lieben es hier – sie haben sich ein Strandhaus ganz in der Nähe gekauft. Auf diese Weise haben sie eine Bleibe, wenn sie herkommen, die nicht weit von meiner Wohnung entfernt liegt. Ich besitze also sowohl hier

als auch in Texas ein kleines Stück Himmel. Du und
Beck geht also nicht miteinander aus?"

Er sah Beck an und Beck hätte ihn treten können,
weil er wusste, dass er seine Angel auswarf.

„Nein. Beck ist nur ein Freund. Er hat
herausgefunden, dass ich noch nie in einem Flugzeug
saß und hat mich deshalb mitgenommen und mich zum
Essen hierhergebracht."

Sie klang so unschuldig wie ein neugeborenes
Kalb. Und er konnte sehen, dass Lee genauso
überrascht war in Anbetracht ihrer Offenheit und
Unschuld wie er selbst.

Lee war kein Idiot. Er grinste Beck an. „Verstehe.
Ja, du bist halt ein netter Kerl. Wie auch immer, wenn
du dich entschließen solltest, hierher zu ziehen und
einen Job brauchst, dann komm einfach zu mir."

„Vielen Dank. Aber ich habe das wirklich nicht
gesagt, um dich dazu zu bringen, mir einen Job
anzubieten. Im Moment bieten sich mir so viele
Möglichkeiten und ich denke noch darüber nach, was
ich tun werde."

Beck wusste bereits, was er wollte. Er sah Mollie
an. „Normalerweise nehme ich die Fisch-Tacos. Es
sind die besten, die man bekommen kann, aber schau
dir die Karte an und bestelle, worauf du Lust hast."

„Ich werde die Fisch-Tacos nehmen. Wenn sie so

gut sind, wie du sagst, dann möchte ich sie nicht verpassen."

„Euer Essen kommt."

Sie lächelte erneut und erhellte die Terrasse mit dessen Schönheit.

Lee entfernte sich, sah dann aber über seine Schulter zurück. Er befand sich hinter Mollie und sie konnte ihn nicht sehen; fragend zog er eine Braue nach oben. Lee würde Beck später am Abend anrufen. Beck war sich nicht sicher, was er ihm sagen würde. Er wollte ihm sagen, dass sie miteinander ausgingen. Die Wahrheit war, er interessierte sich für Mollie und das verkomplizierte alles nur noch mehr. Er war sich immer noch nicht sicher, ob er sie bitten sollte, ihn zu heiraten – eine vorgetäuschte Ehe, die sich zu einem echten Fiasko entwickeln könnte.

Er hatte das Gefühl, dass Mollie denken würde, dass dies das Seltsamste war, was ihr jemals angetragen worden war und sie es rundheraus ablehnen würde.

KAPITEL ACHT

Mollie konnte es immer noch kaum glauben, dass sie sich tatsächlich mit diesem erstaunlichen Mann in einem anderen Bundesstaat befand – diesem Traumtyp, von dessen Existenz sie vor ein paar Tagen noch nicht einmal gewusst hatte und den sie aus irgendeinem verrückten Grund in der Tanzhalle um einen Tanz gebeten und dem sie dann ihr Herz ausgeschüttet hatte, alles Dinge, die ihr gar nicht ähnlich sahen. Sie konnte an nichts anderes denken, es war alles so verrückt – erst hatte sie sich völlig untypisch verhalten und nun war sie mit diesem Mann in einem Learjet nach Destin, Florida, geflogen und hatte in einem großartigen Restaurant zu Mittag gegessen, das erstaunliche Fisch-Tacos verkaufte. Sie hatte nicht einmal gewusst, dass sie Fisch-Tacos mochte, aber meine Güte, sie waren so unglaublich gut gewesen. Und jetzt gingen sie am Strand spazieren. Es war verrückt. Alles war ein wenig überwältigend.

Sie war nicht Cinderella, sondern Alice im Wunderland und offenbar war sie durch das Kaninchenloch gefallen und befand sich nun in einer anderen Welt, einer, in der sie nach dem Mittagessen am Strand entlang ging.

Sie hatte ihre Schuhe ausgezogen und ließ die Sandalen zwischen den Fingern baumeln. Sie schlenderten nebeneinander her, ihre Füße tauchten platschend ins kühle Wasser. Sie hoffte, zwischen all den Muscheln einen Sanddollar zu entdecken und sammelte ein paar von ihnen ein. Sie waren wunderschön. Sie barg sie in ihrer freien Hand und nahm sich vor, sie mit nach Hause zu nehmen, damit sie etwas hatte, das sie an diesen Tag erinnern würde. Es war herrlich, wie das kühle Wasser hereinrollte und die sanften Wellen ihre Füße umspielten. Das beruhigende Geräusch ließ etwas von der Spannung verebben, die sich immer wieder zwischen ihren Schulterblättern auszubreiten drohte, wenn ihre Gedanken zurück in die Realität wanderten. Bald – zu bald – würde sie ihre Ranch verlieren.

„Einen Penny für deine Gedanken", sagte Beck neben ihr.

Sie sah ihn an. Zu ihrer Überraschung hatte er seine Stiefel ausgezogen und sie zusammen mit seinem

Hut im Jeep zurückgelassen. Seine Jeans waren bis zu den Knöcheln hochgerollt und seine Füße waren nackt; sein dunkles Haar kräuselte sich im Wind. Dieser Mann fügte sich überall ein.

„Ich genieße diesen märchenhaften Tag, zu dem du mich eingeladen hast, aber meine Gedanken schweifen immer wieder ins echte Leben ab, in dem ich große Entscheidungen werde treffen müssen und alles so ganz anders ist."

„Ich hatte gehofft, dass dieser Tag dazu beitragen könnte, den Druck, unter dem du stehst, etwas zu lindern. Und ich hatte unsagbar Lust auf Fisch-Tacos."

Sein Lächeln berührte etwas in ihr. Sie blieb stehen und blickte ihn an. „Warum tust du das für mich? Du bist wahrscheinlich der seltsamste Typ, den ich je kennengelernt habe. Du kennst mich kaum und bist trotzdem so nett zu mir. Ich denke immer wieder, dass es noch einen anderen Grund für dein Verhalten geben muss, als dass ich dir einfach nur schrecklich leid tue."

Sein Gesichtsausdruck wurde ernster. „Ich habe es getan, weil du nett bist und ich dachte, du würdest es genießen."

Trotz der Intensität seines Gesichtsausdrucks und der Freundlichkeit seiner Worte zweifelte sie an dem, was er gesagt hatte. „Aber es muss doch einen Grund geben. Ich meine, ich bin nur ein Mädchen, das du in einer Bar kennengelernt hast."

Er trat einen Schritt zurück. „Warum machst du dich selbst so schlecht?"

Zorn wallte in ihr auf. Zorn, den sie seit der Verlesung des Testaments mit sich herumgetragen hatte. Oh, sie hatte den Tränen ihren Lauf gelassen und der Trauer Raum gegeben, aber dieser Zorn hatte unter der Oberfläche gelauert. „Ich glaube, weil es genau das ist, was ich im Moment fühle. Ich habe meinen Kopf in den Sand gesteckt und alle Warnsignale dafür, dass etwas nicht stimmen könnte, missachtet. Ich kann nicht anders – ich fühle mich unglaublich dumm, weil ich zugelassen habe, das sich mein Leben nun an diesem Punkt befindet. Wie konnte ich so naiv sein?"

Ohne zu zögern legte er seine Hände auf ihre Arme und zog sie zu sich. „Hör auf. Du bist nicht dumm. Es ist nicht deine Schuld, dass dein Großvater dir nichts gesagt hat oder vielleicht die Fähigkeit eingebüßt hat, klare Entscheidungen zu treffen. So wie du ihn beschrieben hast, hätte dein Großvater dir so etwas wahrscheinlich nie angetan, wenn er bei klarem Verstand gewesen wäre. Du warst ahnungslos und wurdest von Umständen überrollt, die niemals hätten eintreten dürfen. Das macht dich nicht zu einem dummen Menschen. Oder bedürftig. Es macht dich menschlich. An diesem Abend beim Tanz hast du einen Freund gebraucht. Du brauchtest jemanden zum Reden und ich bin froh, dass du zu mir gekommen bist und nicht zu irgendeinem der anderen Cowboys, die dort waren. Ich war besorgt und möchte nur, dass es dir gut geht."

Sie atmete tief ein und ließ seine Worte sinken. Alles, was er gesagt hatte, stimmte, aber sie kam einfach nicht darüber hinweg, dass sie nicht einmal daran gedacht hatte, zu überprüfen, welche Entscheidungen ihr Großvater in Bezug auf die Ranch getroffen hatte. Sie hätte an so viele Dinge denken sollen, als ihr klargeworden war, wie vergesslich er wurde. Sie hatte sich in ihrer eigenen kleinen Welt befunden.

Der salzige Wind nahm ihr für einen Moment die Luft und sie drehte sich leicht. „Ich weiß, dass stimmt, was du sagst, aber ich hätte es kommen sehen sollen. Sieh mal!" Sie schnappte nach Luft, als eine weitere Welle herangerollt kam und sich in der klaren, sonnenbeschienenen Welle die schwarzen Umrisse von zwei Stachelrochen mit weißen Punkten auf dem Rücken abzeichneten. „Stachelrochen. Sie sind wunderschön."

„Komm, wir folgen ihnen." Beck führte sie die Küste entlang, gemeinsam folgten sie den

Stachelrochen, die sich immer wieder dem Sand näherten, um sich dann von ihm zu entfernen, während sie die Küste entlangschwammen. Es war, als unternähmen auch diese beiden einen Strandspaziergang.

Während sie dahingingen, blieben immer wieder Leute stehen, um die Stachelrochen zu beobachten, aber sie waren die einzigen, die ihnen folgten. Nach einer Weile verschwanden die Stachelrochen langsam wieder im tiefen Wasser, so als hätte es sich bei ihnen lediglich um Produkte ihrer Fantasie gehandelt.

„Beeindruckend. Und so wunderschön. Danke, dass du mich hierhergebracht hast. Ich hatte einen wundervollen Tag. Aber musst du nicht zurück?" Sie hoffte, dass er nicht auf das andere Thema zurückkommen würde.

Er sah auf seine Uhr, eine sehr teure Uhr, wie ihr auffiel. Sie glänzte an seinem gebräunten Handgelenk. „Du hast wahrscheinlich recht. Wahrscheinlich bringe ich dich noch gerade rechtzeitig zurück, damit du deine kleinen Ziegen füttern kannst."

„Das wäre gut. Wenn ich nicht rechtzeitig zurückkomme, um sie zu füttern, dann nagen sie sich wahrscheinlich durch den Stacheldraht, um herauszukommen und fressen ein Loch in meine Tür und verschlingen Haus und Hof. Hast du jemals

gesehen, wie viel eine Ziege fressen kann? Es ist
verrückt. Sie futtern sich sogar durch Rigips- und
Sperrholzplatten. Etwas ähnliches habe ich noch nie
gesehen."

Er lachte. „Ich habe bisher keine Ziegen
aufgezogen. Sie klingen bedrohlich."

„Das würde ich nicht sagen. Sie sind bezaubernd.
Sie können Probleme machen, sind aber gute
Haustiere, besonders wenn sie noch klein sind. Ich
werde viele haben. Ich kann dir eine abgeben, wenn du
willst. Nur sollte ich es vielleicht nicht der Bank sagen,
wenn ich dir eine abgebe, denn genaugenommen
gehören sie ihnen. Ich weiß nicht, ob sie meine Ziegen
bereits gezählt haben."

„Ich glaube, dass ich im Moment keine Ziege
möchte, aber Danke für das Angebot."

Sie lächelten einander an und drehten sich dann
um, so als ob sie denselben Gedanken gehabt hätten
und gingen am Strand zurück dorthin, wo sie den Jeep
abgestellt hatten.

Ja, es war ein erstaunlicher Tag gewesen, doch
innerhalb von wenigen Minuten saßen sie wieder im
Flugzeug und flogen durch den Himmel zurück. Gleich
würde sie wieder aus dem Kaninchenloch
herauskommen; gleich würde sie ins echte Leben
zurückkehren.

Morgen würde sie wahrscheinlich denken, dass alles nur ein Traum gewesen war. *Was für ein Jammer.*

* * *

Die Sonne begann gerade rot-golden glühend unterzugehen, als er seinen Truck vor ihrem Haus zum Stehen brachte. Ihr Herz war drauf und dran ihr aus der Brust zu springen, als sie ihn anblickte und ihm ein Lächeln zuwarf, das nicht allzu rührselig wirkte, wie sie hoffte. Nach dem gemeinsam verbrachten Tag fühlte sie sich nämlich ein wenig rührselig.

„Dieser Tag war wunderbar. Vielen Dank. Es war unglaublich und ich hätte nie gedacht, dass ich so etwas jemals erleben würde. Wie auch immer, jetzt bin ich wieder im richtigen Leben… ich höre die Ziegen schon nach mir rufen." Sie lächelte breiter und hoffte, dass ihr Lächeln ihm zeigte, wie sehr sie den Tag genossen hatte.

„Mir hat der Tag auch gefallen. Ich werde dein Hühnerhaus und die Hütte mit der Wasserpumpe auf unerwünschte Gäste hin untersuchen und dir dann helfen, deine Ziegen zu füttern."

Er war bereits aus dem Truck gestiegen, bevor sie ihn darin hindern konnte. Sie stieg ebenfalls aus und schloss die Tür. Ihre Nerven gingen mit ihr durch. „Du musst nicht bleiben. Du musst mir nicht helfen. Auch wenn ich neulich Angst hatte, normalerweise begegnet man dort keinen Schlangen. Ich bin nur ein wenig schreckhaft."

Er ging bereits mit ausgreifenden Schritten auf den Hühnerstall zu. Sie musste sich beeilen, um ihn einzuholen.

„Wirklich, ich glaube nicht, dass ich so schnell noch einmal auf eine Schlange treffe." Es wäre besser, wenn er jetzt ging. Sie war ein bisschen zu verliebt in diesen Mann und wenn er jetzt nicht ging, würde sie sich wahrscheinlich lächerlich machen. Sie wollte nicht noch bedürftiger erscheinen als sie es ohnehin bereits tat. Sie wollte nicht dem verzweifelten Drang nachgeben, sich in seine Arme zu werfen.

Das würde ihm nicht gerade vermitteln, dass sie *nicht* bedürftig war.

Er öffnete den Verschluss an der Tür zum Hühnerstall, senkte den Kopf und trat hinein. „Meine Großmutter hatte einen Hühnerstall und als ich noch klein war, bin ich immer hineingegangen und habe für sie die Eier geholt. Damals musste ich auch ein paar Hühnerschlangen töten."

„Deine Großmutter hatte einen Hühnerstall?" Seine Großmutter musste auch reich gewesen sein; der Gedanke, dass sie einen Hühnerstall gehabt hatte, kam ihr merkwürdig vor.

„Meine Großmutter mochte frische Eier. Und sie liebte es, ihre Freunde mit frischen Eiern zu versorgen. Oder wer immer sie wollte. Und sie konnte Gemüse einkochen und haltbar machen und dann teilte sie ihre eingelegten Okras und Bohnenkonserven. Allerdings glaube ich, man sagt nicht Konserven – Büchsen, sagt man das so?"

Sie kicherte. „Gläser – sie hat sie wahrscheinlich in Weckgläsern mit Metalldeckeln aufbewahrt."

„Ja, das hat sie getan. Sie hat auch ein paar Sachen eingefroren. Ich erinnere mich daran, wie sie Mais zubereitet hat und ihn in dann in diese Behälter tat, nachdem sie ihn zu Creamed Corn verarbeitet hatte. Seit ihrem Tod habe ich nichts mehr gegessen, was annähernd so gut geschmeckt hat. Wir haben uns seitdem nicht mehr um den Garten gekümmert und ich vermisse all das."

Es wäre wirklich besser, wenn er jetzt ginge. „Ich habe Creamed Corn im Gefrierschrank. Meine Großmutter liebte es auch, frisches Gemüse zuzubereiten. Wahrscheinlich war sie ungefähr gleich alt wie deine Großmutter." Sie versuchte, sich selbst davon abzubringen, ihn zum Abendessen einzuladen. Sie hatten den ganzen Tag miteinander verbracht; er wollte sicher nicht noch zum Abendessen bleiben Aber er klang wirklich so, als würde er gern etwas frisches Creamed Corn essen. Und wenn man sie fragte, dann schlug das Rezept ihrer Großmutter alle anderen. Sie selbst hatte nichts daran verändert. Sie bereitete es genauso zu, wie es ihr ihre Großmutter beigebracht hatte; eine Tradition, die sie über all die Jahre bewahrt hatte.

Mit einem Mal ging ihr auf, dass sie auch ihren Garten verlieren würde, den Garten, den sie all die Jahre gepflegt hatte und dass sie dann kein Creamed Corn mehr zubereiten könnte. Tomaten und Paprika konnte man in Töpfen anbauen und Kürbis und alles Mögliche andere auch, aber um Mais anzubauen, brauchte man schon ein wenig mehr Platz.

„Hier sind ein paar Eier." Er hielt zwei Eier hoch. Und grinste dabei wie ein Kind.

„Sieht so aus. Großartig. Und keine Schlange."

„Nein, die sitzt wahrscheinlich drüben in der Hütte mit der Wasserpumpe."

„Erinnere mich nicht daran. Möchtest du zum Abendessen bleiben? Meine Großmutter hat mir beigebracht, wie man Creamed Corn zubereitet und ich habe welches im Gefrierschrank. Es würde nicht lange dauern, es zu kochen. Und ich könnte dir ein Schweinekotelett in die Pfanne hauen – die liegen im Kühlschrank bereit."

Er kam aus dem Hühnerstall und verschloss das Tor hinter sich. „Ich möchte dir nicht zur Last fallen. Du möchtest mich wahrscheinlich langsam loswerden."

Oh nein, sie wollte ihn nicht loswerden, aber es wäre wohl besser, wenn er ginge. Sie steckte knietief in Schwierigkeiten. Aber er war heute so nett zu ihr gewesen. „Nein, ich möchte, dass du bleibst. Ich kann mich mit dem Abendessen für all das revanchieren, was du heute für mich getan hast. Wenn du anschließend nach Hause fährst, sind wir quitt."

„Ich verspreche dir, ich werde nicht zu lange bleiben."

Sie starrten einander an und sie wollte sagen, dass er so lange bleiben konnte, wie er wollte, aber ihr war klar, dass sie ihn eigentlich besser gebeten hätte zu gehen. Stattdessen drehte sie sich um und ging auf das Haus zu. Nachdem sie bereits die Hälfte der Strecke zurückgelegt hatte, fiel ihr ein, dass sie die Ziegen noch nicht gefüttert hatte. „Gib mir die Eier, ich lege sie auf den Stuhl dort. Und dann füttern wir die Ziegen."

Ihre Hände berührten sich, als sie ihm die Eier abnahm und ein Prickeln schoss ihren Arm hinauf. „Danke. Warte kurz hier. Ich bin gleich wieder da."

Sie eilte zur Veranda und legte die Eier in einen

kleinen Korb, der dort neben ihrem Stuhl auf der Tischplatte stand. Dann drehte sie sich um und ging zügig zu ihm zurück. Er sah besser aus, als ein Mann aussehen sollte. Sie war außer Atem, als sie wieder bei ihm war. „Okay, komm. Ich werde dich meinen Kindern vorstellen. Sie werden dich lieben. Vielleicht versuchen sie sogar, dein Hemd zu verspeisen."

Er lachte.

Sie blickte ihn über ihre Schulter hinweg an und grinste. „Ich mache keine Witze. Sie könnten dein Hemd wirklich fressen."

KAPITEL NEUN

Ihm war nicht klargewesen, wie viele Ziegen sie besaß. Er betrat hinter ihr das Gehege und ging mit ihr um die Ecke der alten Scheune herum, um die sich die Einfriedung erstreckte und war zutiefst überrascht, als er plötzlich Betonrohre mit einem Durchmesser von je etwa einhundertzwanzig Zentimetern entdeckte, die übereinandergestapelt waren. Es waren ungefähr zehn und in jedem der Rohre standen Ziegen. Und eine stand obendrauf.

Überall waren Ziegen und als sie das Gehege betraten, kamen ein paar kleine Ziegen zu ihr gerannt und tänzelten um ihre Knöchel herum. Sie sprangen seitwärts, drehten sich, sprangen auf und ab und machten alle möglichen verrückten Verrenkungen. Von den kleinen Ziegen und Mollie abgelenkt, bemerkte Beck nicht, dass eine alte Ziege mit kurzen Hörnern direkt auf ihn zugestürmt kam. Sie rammte

Becks Hüfte und traf ihn so hart, dass er einen guten halben Meter zurücktaumelte.

„Au!", rief Beck und sah die Ziege an, die aussah, als wäre sie bereit, in den Krieg zu ziehen.

Mollie schnappte nach Luft. „Es tut mir leid. Jasper, nein!" Sie packte Jasper an seinem Halsband und zog ihn zurück, während die kleinen Ziegen weiterhin ihre Possen aufführten und ihr um die Füße sprangen. Es war ein regelrechter Zirkus. Die Ziege blickte ihn an, als wäre sie bereit, zurückzukommen und ihn sich zu holen.

„Sieht so aus, als hättest du eine Wachziege oder so."

„Ja, er denkt, er wäre eine. Ich habe Jasper aufgezogen, genauso wie diese kleinen Ziegenbabys hier und er ist quasi wie ein Großvater für sie alle. Er denkt, dass ich ihm gehöre. Er beschützt mich, kann manchmal aber etwas zu rau werden. Normalerweise bringe ich wegen ihm keine Leute hierher, ich habe nicht nachgedacht. Bist du in Ordnung?"

„Es geht mir gut. Ich werde ihm aber besser nicht den Rücken zudrehen. Okay, ich passe jetzt auf."

Sie ließ ihn los und streckte Jasper einen Finger ins Gesicht. „Du bleibst genau hier stehen und rammst meine Begleitung nicht noch einmal. Sonst kannst du was erleben."

Er hatte nicht den Eindruck, als würde die Ziege ihr Aufmerksamkeit schenken. Aber zu seiner Überraschung blieb sie genau dort stehen, wo sie sich befand, starrte ihn jedoch weiterhin an. Ihm war klar, dass er, sobald er nicht aufpassen und der Ziege den Rücken kehren würde, einen Stoß in den Hintern bekommen würde.

Sie griff nach unten und hob eine winzige Ziege hoch. Sie konnte nicht viel größer sein als ein Katzenjunges.

Er konnte sich nicht vorstellen, wie klein sie zuvor gewesen sein musste. „Die sieht mehr aus wie eine Katze als wie eine Ziege."

Sie lachte. „Das ist ein Zwergziegenjunges und ja, die sind winzig. Sie wird ungefähr so groß wie ihre Mutter werden – dort drüben in der Ecke stehen ihre Mutter und ihr Vater. Trotzdem wird sie kleiner bleiben als die anderen, die hier um mich herumspringen. Sie heißt Tillie Mae. Sie ist schon ein süßer Fratz, nicht wahr?" Sie presste sie an ihre Wange und die kleine Ziege rieb ihren Kopf daran. Ihre kleinen dunklen Augen musterten ihn, als sie sich an Mollie schmiegte. Dann hielt Mollie sie ein wenig von sich weg und spitzte die Lippen, so als würde sie das Ziegenbaby küssen wollen.

Er bemerkte, dass er sich wünschte, Mollie würde ihn mit derselben Geste bedenken. Etwas, woran er besser keinen weiteren Gedanken verschwendete.

Stattdessen dächte er besser darüber nach, ob er sie bitten sollte, ihn zu heiraten – aus geschäftlichen Gründen.

Er war benommen in Anbetracht all der Gedanken, die seit dem Rückflug nach Stonewall in seinem Kopf herumgeisterten. Die Situation bereitete ihm Sorgen. Er mochte sie, fand sie süß und dachte, dass sie Schutz bedurfte und Hilfe brauchte, um ihre Ranch zu retten. Aber er hatte den Ausdruck in ihren Augen gesehen und wusste, dass sie sich zu ihm hingezogen fühlte. Er empfand dasselbe, aber das hieß nicht, dass sie heiraten würden, bedeutete nicht ewige Liebe, bis das der Tod sie schied. Und er konnte, würde sie nicht in die Irre führen.

Es war an der Zeit, dies zu erledigen, bevor irgendwelche romantischen Gedanken alles durcheinanderbrachten. Denn es würde rein geschäftlich sein.

Sie reichte ihm die Ziege. „Hier, kuschele mit der Kleinen, während ich ihnen Futter gebe. Aber pass auf dein Hemd auf." Sie lächelte voller Schalk und er lachte.

In der Gegenwart dieser Frau lachte er häufiger, als er das normalerweise tat.

Er dachte darüber nach. Es war ihm ernst, vielleicht ein wenig zu ernst.

Er folgte ihr in die Scheune, sie schaufelte den Ziegen Futter hin und sie stürzten sich darauf. Sie griff nach dem Ziegenbaby und setzte es auf den Boden und es lief unverzüglich zu seinen Eltern. Sie verließen das Gehege und er folgte ihr über die Auffahrt zum Haus. Augenblicke später betrat er hinter ihr die Küche.

Das Haus war alt, aber gemütlich. Die Küche bestand aus weißen Schränken und weißen Arbeitsplatten. Am Fenster über dem Waschbecken hingen rot-weiß karierte Vorhänge und ihm fiel auf, dass alle Geräte schon ziemlich in die Jahre gekommen aussahen. Das Haus war wahrscheinlich schon lange nicht mehr auf den neuesten Stand gebracht worden. Die Apparaturen waren von dunkelgoldener Farbe und das rissige Linoleum glänzte wächsern.

Sie öffnete den Kühlschrank und holte einen Krug Tee und einen Glasbehälter mit Schweinekoteletts heraus, die in einer Marinade lagen. Sie stellte den Tee auf die Theke, öffnete den Gefrierschrank und holte einen verschließbaren Plastikbeutel heraus, in dem sich etwas Gelbes befand.

Sie lächelte ihn an, die Plastiktüte zwischen den Fingerspitzen. „Creamed Corn, wie versprochen. Es wird vielleicht nicht ganz genauso schmecken wie das deiner Großmutter, aber ich sage dir, es ist gut. Und ich klopfe mir mit diesen Worten nicht selbst auf die Schulter – es ist das Rezept meiner Großmutter und ich habe alles genauso gemacht, wie sie es mir gezeigt hat, falls es dir also schmeckt, gebührt ihr die ganze Ehre."

„Ich werde es bestimmt mögen. Wenn es nur so ähnlich schmeckt, wie das Essen meiner Großmutter, dann wird es ein Schmaus."

Sie bedeutete ihm, sich zu setzen. „Nimm Platz. Ich werde nicht lange brauchen. Ich mache dir einen Becher Tee."

„Lass mich dir helfen."

„Nein. Denk dran, das ist meine Aufgabe… meine Art, dir für den heutigen Tag zu danken."

Er beobachtete sie bei der Arbeit und nippte an seinem Tee. Er sah ihr gern zu, studierte die Art, wie sie sich bewegte. Die nächsten dreißig Minuten verbrachten sie damit, über das zu sprechen, was sie an diesem Tag getan hatten. Er stellte ihr Fragen zu ihren Ziegen und ihrem Garten und fand heraus, dass ihre Großmutter ihr das Gärtnern beigebracht hatte.

„Du musst es doch hassen, das Grundstück hier zu

verlieren, es hängen so viele Erinnerungen daran. Es klingt, als hätte deine Großmutter lange in diesem Garten gearbeitet."

Sie hatte gerade die Schweinekoteletts aus der Pfanne auf zwei Teller gleiten lassen und hielt nun inne. „Das tue ich. Ich werde es schrecklich vermissen, aber ich kann nicht immer zurückblicken. Es ist an der Zeit, nach vorn zu schauen. An der Zeit, mutig zu sein. Ich glaube, dort draußen wartet eine ganz neue Welt auf mich."

Er erkannte, dass sie ihm etwas vormachte, dass es ihr unsagbar schwerfallen würde, alles aufzugeben. Doch er wusste nicht, was er noch sagen sollte.

Bitte sie, dich zu heiraten.

Er ignorierte die Stimme in seinem Kopf. Jetzt war nicht der richtige Zeitpunkt. Als sie mit dem Essen fertig waren, musste er zugeben, dass ihre Großmutter gewusst hatte, wie man Creamed Corn zubereitet, es hatte ausgezeichnet geschmeckt.

„Vielleicht muss ich mir jetzt auch einen Garten zulegen. In der Nähe meines Hauses. Du musst vorbeikommen und mir zeigen, wie man dieses Gericht zubereitet. Es ist hervorragend. Und dem meiner Großmutter sehr ähnlich. Ich frage mich, ob es ein Rezept ist, das sie damals alle nutzten."

„Sie hatten sicher alle ähnliche Rezepte. Wahrscheinlich weichen nur die Gewürze ein wenig voneinander ab."

„Es war köstlich. Danke. Ich denke, ich gehe dann besser."

Sie stand auf und ging mit seinem Teller zum Waschbecken. Sie hatte während des Kochens geputzt und es blieb nicht viel zu tun. Sie ließ das Wasser laufen, spülte den Teller ab und legte ihn dann in das zweite Waschbecken.

Es traf ihn wie ein Schlag, dass er am liebsten zu ihr hinübergehen und sie in seine Arme ziehen würde. Und er wollte sie küssen.

Er blieb, wo er war. Er begab sich besser nicht auf derart gefährliches Terrain, blieb besser stark. Er würde die Dinge besser nicht noch weiter verkomplizieren. Sie war verletzlich.

Sie drehte sich, immer noch am Waschbecken stehend, um und begegnete seinem Blick mit großen Augen. Im Raum fühlte es sich plötzlich warm an.

Er trat einen Schritt zurück auf die Tür zu. Sein Herz vollführte ein paar Saltos ähnlich denen, die die Ziegenbabys zuvor aufgeführt hatten. Das war gar nicht gut. Sein Rücken stieß gegen die Hintertür und sie starrte ihn immer noch an. Die Uhr tickte und ihm war, als hätte jemand einen Alarmknopf gedrückt. Er konnte die durchdringenden Sirenen hören, ignorierte sie aber.

Sie trat einen Schritt auf ihn zu. „Beck."

Er hatte die Tür nicht geöffnet. Er war nicht aus der Tür getreten und hatte sie hinter sich, zwischen ihnen geschlossen. Nein, er stand immer noch mit dem Rücken an der Tür und hielt diese geschlossen.

Sie trat einen weiteren Schritt auf ihn zu und es erforderte seine ganze Willenskraft, um nicht nach ihr zu greifen.

Ein weiterer Schritt auf ihn zu, dann drei. Beklommenheit und Sehnsucht leuchteten in ihren Augen. Und dann stand sie direkt vor ihm.

„Beck." Ein Wort, atemlos hervorgebracht.

Sie wandte den Blick nicht ab und obwohl er wusste, dass er das nicht tun sollte, öffnete er die Arme und sie kam bereitwillig näher. Sofort senkte er seinen Mund auf ihren und küsste sie zärtlich. Sie erwiderte den Kuss und es war um ihn geschehen.

Er steckte in großen Schwierigkeiten.

* * *

Was tat sie da bloß?

Das war es, was der Teil ihres Gehirns wissen wollte, der noch zu klaren Gedanken fähig war, als sie sich dem Kuss hingab. Sie hatte nicht die Willenskraft, die nötig gewesen wäre, um sich zurückzuhalten. Sie hatte sich diesem Mann praktisch an den Hals geworfen, doch als er sie nun küsste, ließ das schwelende Gefühl der Einsamkeit etwas nach, das seit dem Verlust ihres Großvaters ihr ständiger Begleiter gewesen war. Und als seine warmen Lippen sich über ihre bewegten, schlang sie ihre Arme um ihn und schmiegte sich an ihn. Ihre Hände griffen nach seinen kurzen, dichten Haaren und zogen seinen Kopf näher zu sich heran. Sie wollte, dass dieser Kuss niemals endete.

Als er sich zurückzog, klammerte sie sich an ihn. Ihr Herz pochte unerbittlich und als sie in seine benommenen Augen blickte, ging ihr auf, dass sie wahrscheinlich etwas getan hatte, das sie nicht zurücknehmen konnte.

„Es tut mir leid, Mollie. Das hätte ich nicht tun sollen." Er legte seine großen Hände auf ihre Arme und schob sie ein Stück von sich weg. „Ich hätte gehen sollen, als ich sagte, ich würde gehen."

Ihre Wangen brannten. Ihr Verhalten war ihr peinlich. Seit sie Beck getroffen hatte, hatte sie sich uncharakteristisch verhalten. „Ist schon in Ordnung. Es war nur ein Kuss", sagte sie leichthin. Für sie war es mehr als ein Kuss gewesen, aber vielleicht brauchte er das nicht zu wissen. Vielleicht war es für ihn nur ein Kuss gewesen.

„Ich gehe besser." Er drehte sich um, öffnete die Tür und ging auf die Veranda hinaus.

Sie war verwirrt und wollte ihm nachlaufen, blieb aber in der Tür stehen und legte ihre Hand an den Türpfosten, um sich etwas Gleichgewicht zu verschaffen. In dem Versuch, nichts Dummes zu sagen, sagte sie nichts.

Er blieb nicht stehen, bis er die Veranda verlassen hatte, doch dann drehte er sich um, er riss sich seinen Hut vom Kopf und hielt ihn in seinen Händen. „Der Tag heute war schön. Ich wollte dich nicht so küssen. Es tut mir leid. Meine schlechten Manieren tun mir leid."

Es gelang ihr, ein paar Worte zu finden. „Ich denke nicht, dass du schlechte Manieren gezeigt hast. Ich habe mich dir regelrecht in die Arme geworfen." Okay, *das* war peinlich.

„Nun, es war ein langer Tag. Wir sehen uns." Mit diesem Worten stieg er in seinen Truck und fuhr davon.

Ihr Magen fühlte sich bodenlos, so als würde sie sich übergeben müssen. Sie hatte sich Beck an den Hals geworfen. Und ihm dann dabei zugesehen, wie er weggelaufen war, als wäre der Teufel hinter ihm her. Wahrscheinlich hielt er sie für bedauernswert. *Wie sollte sie jemals damit klarkommen?*

* * *

Beck hatte es grandios vermasselt.

Er betrat sein Haus und ging auf direktem Weg zur Dusche, er stellte sich darunter und ließ das heiße Wasser über seinen Körper rinnen, während er versuchte, den Ausdruck völliger Verzagtheit auf Mollies Gesicht aus seinem Kopf zu verbannen. Er hatte ihr den Eindruck vermittelt, dass er sie ablehnte. Er schlug mit der Handfläche gegen die gefliese Wand und lehnte seine Stirn gegen den Stein.

Er hätte sie noch ewig so küssen können. Er hatte noch nie zuvor so auf eine Frau reagiert oder auch nur erwartet, das zu tun. Er war sich nicht einmal sicher, was geschehen war. Es machte ihm Angst, wenn er ehrlich war.

KAPITEL ZEHN

Drei Tage später trug Mollie einen Teller Pfannkuchen aus der Küche ins Diner und passierte dabei den Tisch, den Dixie immer „Becks Tisch" nannte. Jedes Mal, wenn sie an diesem Tisch vorbeikam, musste sie an den Mann denken, dem sie sich in die Arme geworfen hatte, der sie geküsst hatte, bis ihr Sterne im Kopf herumgeschwirrt waren. Den Mann, der dann gegangen war und von dem sie seitdem nichts gehört hatte.

Nachdem er weggefahren war, hatte sie sich selbst gesagt, dass sie es gründlich vermasselt hatte. Sie hatte jedoch angenommen, dass ihr Telefon irgendwann klingeln würde und sie die Gelegenheit bekäme, sich zu entschuldigen, dafür, dass sie sich ihm derart aufgedrängt hatte. Wahrscheinlich hatte er sie ohnehin nur aus Mitleid geküsst… auch wenn es sich nicht wie ein Kuss aus Mitleid angefühlt hatte. Was immer es gewesen sein mochte, es war außer Kontrolle geraten. Wahrscheinlich mochte er jetzt nicht einmal mehr kommen und Dixies Frühstück essen, das er so liebte, weil er dann hier auf sie treffen würde.

In was für eine erbärmliche Situation hatte sie sich da nur gebracht.

In den letzten Tagen hatte sie gepackt und sich mit verschiedenen Dingen beschäftigt. Die meisten Kartons waren gepackt und standen für den Transporter bereit, den sie gemietet hatte und der ihre Besitztümer zu ihrem neuen Zuhause bringen würde. Die erschwingliche Unterkunft, die sie noch nicht gefunden hatte. Während des Packens waren ihre Gedanken nicht um das Haus gekreist, das sie so lange bewohnt hatte, sondern um Beck McCoy.

Dixie war aufgefallen, dass etwas mit ihr nicht stimmte. Sie hatte sie in den letzten Tagen mehrmals gefragt, was los sei. Doch Mollie hatte ihr immer wieder geantwortet, dass nichts los sei, dass alles in bester Ordnung war. Vielleicht würde sie ihr glauben, wenn sie es nur oft genug wiederholte.

Es war verrückt. Sie kannte Beck McCoy kaum. Und trotzdem hatte sie eine geradezu mädchenhafte Verliebtheit für diesen Mann entwickelt. Im Grunde genommen war er zu gut, um wahr zu sein.

Bis sie an diesem Nachmittag endlich Feierabend

machen konnte, hatte sie sich selbst beinahe in einen Nervenzusammenbruch hineingesteigert. Die Tatsache, dass sie Beck McCoy geküsst hatte, quälte sie und sie musste sich unbedingt bei ihm entschuldigen.

Vielleicht wollte sie ihn auch nur wiedersehen, aber dieses Bedürfnis würde sie sich selbst gegenüber nicht eingestehen.

Sie stieg in ihren alten Truck und beschloss, zu seinem Haus zu fahren und zu sehen, ob er daheim war. Sie wusste nicht einmal, wo er lebte. Irgendwo auf der McCoy Ranch, die sich in der Nähe des Weingutes befand. Sie fuhr in diese Richtung. Sie folgte der kurvenreichen Straße und passierte eine besonders ausladende Kurve, bevor sie das Eisentor des McCoy Stonewall Weingutes vor sich sah. Sie passierte es und bewunderte die Weinreben und nachdem sie eine weitere Kurve hinter sich gebracht hatte, entdeckte sie auf der anderen Straßenseite ein Schild, das auf die McCoy Ranch hinwies. Sie sah das Tor weiter vorn, wusste aber, dass sie zu nervös war, um in die Zufahrt abzubiegen und dem Weg zum Haupthaus zu folgen. Sie wusste ohnehin, dass er nicht im Haupthaus wohnte. Wie sollte sie herausfinden, wo er lebte?

Sie passierte langsam die Einfahrt, neugierig auf den Ort, an dem Beck aufgewachsen war. Sie fühlte sich wie eine Schnüfflerin. Es war wunderschön hier. Sie war noch nie in diese Richtung gefahren, hatte noch nie die Weinberge bewundert, die sich jenseits der Straße erstreckten. Die Weiden waren gut gepflegt, perfekt, ganz im Gegensatz zu ihren eigenen Weiden, die mehr Pflege benötigt hätten. Sie fuhr an den Straßenrand. Ihre Gedanken schweiften zu dem Weingut. Es inspirierte sie. Ob sie bei sich wohl auch Wein anbauen könnte? Sowohl ihre Erdbeeren als auch ihre Nutztiere standen im Begriff zu verschwinden und ihr blieb keine Möglichkeit, sie zu retten. Wenn sie nur hätte herausfinden können, wie sie von ihrem Land leben konnte. Jetzt blieb nur noch wenig Zeit, dies herauszufinden. Es war zu spät.

Sie saß in ihrem Wagen und kaute auf ihrer Lippe herum, dachte nach, als zu ihrer Überraschung plötzlich Beck vorüberfuhr.

Augenblicklich begann ihr Herz zu rasen. Als seine Bremslichter aufleuchteten und er etwas weiter vorn am Straßenrand hielt, wurde ihr klar, dass auch er sie gesehen hatte.

Er wendete seinen Truck und fuhr zurück zu ihr, hielt direkt vor ihr am Straßenrand. Unverzüglich stieg er aus und kam zu ihrem Fenster. „Mollie, hast du Probleme mit deinem Auto?"

„Alles in Ordnung. Ähm, eigentlich…" Ihre

Handflächen schwitzten. *Was tat sie denn?* „Eigentlich bin ich auf der Suche nach dir. Ich muss mit dir reden."

Er musterte sie und sah dabei aus, als wolle er alle Probleme der Welt ergründen. „Ich möchte auch mit dir reden. Aber hier am Straßenrand ist nicht der geeignete Ort dafür. Folge mir zu meinem Haus."

Er drehte sich um und schlenderte zurück zu seinem Truck. Sie wartete, bis er ihn erneut gewendet hatte und folgte ihm dann einige Meilen die Straße entlang. Schließlich bog er in eine gepflasterte Einfahrt ab und fuhr durch ein automatisches Tor. Nach ein paar Minuten erblickte sie ein wunderschönes Haus aus Stein und Glas. Ihre Zehen kräuselten sich, als sie erneut darauf gestoßen wurde, dass Beck völlig außerhalb ihrer Liga spielte.

Was hatte sie sich nur gedacht?

Sie sollte gehen. Jetzt. Ihr Herz schlug unregelmäßig, so wie es das die ganze Zeit über seit dem Tod ihres Großvaters getan hatte und der Erkenntnis, dass nichts so war, wie sie angenommen hatte.

Dieses Haus sah aus, als wäre es direkt dem *Architect's Digest* entsprungen – wenn diese Zeitschrift denn überhaupt so hieß. Sie selbst war eine Frau, die *Country Home* oder *Do It Yourself* Magazine las und er… war das.

Es war atemberaubend, eine Mischung aus Moderne und Landleben mit viel Glas und Stein. Sie entdeckte zwei riesige Schornsteine und fragte sich, wie groß wohl die dazugehörigen Kamine sein mochten. Dieser Überlegung folgend saß sie in ihrem alten Truck, an Ort und Stelle erstarrt, bis er ihr die Tür öffnete.

„Komm mit rein."

„Vielleicht sollte ich einfach wieder gehen." Sie wollte ihm sagen, dass es egal sei und sie nach Hause fahren würde.

„Nein. Komm mit rein."

Beck trat einen Schritt auf sie zu, als sie aus dem Truck stieg. Sie versuchte zuversichtlich und nicht beschämt auszusehen, obwohl sie alles in allem äußerst beschämt war. „Ich liebe dein Haus. Es ist wunderschön."

Er drehte sich um und warf einen Blick darauf. „Vielen Dank. Ich habe es mit designt und es vor circa drei Jahren bauen lassen. Komm rein. Hier können wir reden."

Sie folgte ihm.

Nacheinander traten sie ein. Sie befanden sich in einem Flur, der aussah wie eine Verbindung zwischen der Garage und dem Haus.

Er schloss die Tür hinter ihr. „Die Küche und der

Wohnbereich befinden sich in dieser Richtung." Der Raum, in dem sie sich befanden, verfügte an der gegenüberliegenden Wand über Fenster, durch die man einen See und den Fluss sehen konnte. Es war eine entzückende Aussicht. Wahrscheinlich kam man in jedem Raum in den Genuss dieses Anblicks. Sie ging mit ihm den Flur entlang und gemeinsam betraten sie einen großen Bereich, der Küche und Wohnzimmer in einem war. Ein gigantischer Kamin erhob sich über mehrere Stockwerke. Ein imposanter Kamin.

Definitiv nicht ihre Liga. Sie drehte sich zu ihm um.

Er stand im Küchenbereich. „Möchtest du etwas trinken? Ich habe Kaffee, Tee und ein wenig Wein hier... du weißt ja, wir besitzen ein Weingut. Ich habe auch Sprudelwasser... Limonade... Fruchtsaft?"

War er nervös? Wahrscheinlich hatte er Angst, dass sie ihn erneut anspringen würde. Das musste sie aus der Welt schaffen. „Vielleicht ein Wasser."

„Dann Wasser." Er öffnete den Kühlschrank und holte zwei Flaschen Wasser daraus hervor. Er öffnete den Verschluss der ersten und stellte sie vor sie hin, dann öffnete er die zweite Flasche und stürzte unversehens deren halben Inhalt hinunter. Er setzte sich auf einen der Barhocker, die vor der gewaltigen Bar standen. Es waren sechs Stück.

Sie nippte kurz an ihrem Wasser und setzte sich dann ebenfalls auf einen der Barhocker, zwischen ihnen ließ sie einen der Stühle frei, um ihn nicht zu bedrängen.

„Hier lebst du also meistens? Das Haus ist riesig."

„In letzter Zeit bin ich öfter hergekommen." Er räusperte sich und legte beide Hände um die Wasserflasche. Seine Arme ruhten auf der Theke, während er die Flasche anstarrte. Etwas ging in seinem Kopf vor sich.

Sie sollte es hinter sich bringen und dann gehen. „Beck, ich muss mich dafür entschuldigen, dass ich mich dir neulich Abend so an den Hals geworfen habe."

Abrupt hob er den Kopf und begegnete ihrem Blick. „Ja, deswegen. Ich wollte dir keinen falschen Eindruck vermitteln. Ich habe diesen Ausflug mit dir unternommen, um dich von deinen Problemen abzulenken."

Wie oft hatte er das gesagt? Ihr Herz hatte nicht zugehört. „Ich weiß – glaube mir, ich weiß das. Aus irgendeinem verrückten Grund habe ich mich völlig untypisch verhalten. Ich habe mich vom Moment mitreißen lassen. Und ich bereue es. Ich bereue es wirklich – das wird nicht noch einmal passieren. Ich wollte nur, dass du das weißt. Du musst also keine

Angst vor mir haben oder so. Du kannst ins Diner kommen und dort frühstücken, ich werde mich nicht auf dich stürzen oder dafür sorgen, dass du dich unwohl fühlst. Sofern es mich betrifft, ist es nie geschehen. Ich möchte es nur vergessen." Mit gerötetem Gesicht hielt sie seinem Blick stand, in seinen Augen lag ein Ausdruck, den sie nicht deuten konnte. *Meine Güte, sie wünschte, sie könnte Gedanken lesen.*

Seine Augen verdunkelten sich und er blickte wieder auf die Wasserflasche hinab. Sie wollte noch mehr sagen, zwang sich aber dazu, ruhig zu bleiben.

„Es gibt nichts, wofür du dich entschuldigen müsstest. Ich hätte gehen sollen. Ich stand an der Tür und wusste nicht, was ich tun sollte. Ich hätte mich umdrehen und durch diese Tür treten sollen, bevor du überhaupt die Gelegenheit dazu bekamst. Es tut mir leid. Ich habe möglicherweise falsche Signale ausgesendet und entschuldige mich, falls dies der Fall gewesen sein sollte."

Sie starrten einander an. Sie wusste nicht recht, was sie sagen sollte. Sie hatte gewisse Schwingungen von ihm aufgefangen, sich aber selbst eingeredet, dass sie sich das eingebildet haben musste. Aber nun hatte er das gesagt… hatte er diesen Kuss womöglich auch gewollt? Schon der bloße Gedanke daran verwirrte sie.

„Mollie, ich muss dich etwas fragen. Etwas, das ich schon seit diesem ersten Abend mit mir herumtrage, an dem wir uns kennengelernt haben. Ich war an diesem Abend eigentlich in der Tanzhalle um nachzudenken, doch dann bist du aufgetaucht, das hatte ich nicht erwartet und... wie auch immer, ich möchte dir einen Vorschlag machen. Mein Großvater und ich, wir befinden uns in einer Situation, die außer Kontrolle geraten ist. Ich komme einfach nicht dahinter, ob ich das wirklich tun möchte, aber ich werde es nun offen vor dir ausbreiten und dir die Entscheidung überlassen. Meine Familie meint, ich soll dich fragen und dir die Möglichkeit geben, Ja oder Nein zu sagen, anstatt davon auszugehen, dass du Nein sagen wirst."

Jetzt war sie verwirrt. „Was?"

Er trank einen Schluck Wasser. Die Flasche war beinahe leer. „Mein Großvater hat bereits alle meine Brüder und meine Schwester gezwungen zu heiraten, wenn sie ihr Erbe nicht verlieren wollen. Sie alle haben die Herausforderung angenommen und sich, wie sich später herausstellte, glücklich verheiratet. Ich stand der ganzen Angelegenheit von Anfang an ablehnend gegenüber, denn es gefiel mir nicht, dass mein Großvater meinen Geschwistern vorschrieb, dass sie heiraten müssen oder etwas verlieren würden, was ihnen wichtig war – nicht nur das Erbe, sondern Dinge, die sie mit ihren eigenen Händen geschaffen hatten. Jetzt bin ich an der Reihe und wenn ich nicht heirate, dann verliere ich mein Chartergeschäft. Darauf habe ich mich eingestellt. Aber jetzt habe ich erfahren, dass er plant, es zum Tiefstpreis zu verhökern. Das ist es, was mich auf die Palme bringt und mich veranlasst hat, es in Erwägung zu ziehen."

Völlig entgeistert starrte sie ihn an. „Er zwingt dich zu heiraten?"

„Nein, ich muss mich dafür entscheiden, mich von ihm zwingen lassen, zu heiraten. Um auf den Punkt zu kommen, Mollie, ich brauche eine Frau und habe mich gefragt, ob wir uns gegenseitig helfen könnten. Es wäre für uns beide von Vorteil. Ich brauche für drei Monate eine Ehefrau und nach den drei Monaten lassen wir uns scheiden und gehen mit dem auseinander, was wir beide wollten. Deine Ranch wäre schuldenfrei und du würdest über zusätzliches Geld verfügen. Du könntest von vorne anfangen und tun, was du tun willst. Um genau zu sein, werde ich dir unterdessen helfen, die Ranch auf Vordermann zu bringen, bevor der Vertrag zu Ende geht, ich werde dir helfen, alles zu reparieren und sie in einen funktionsfähigen und rentablen Zustand versetzen. Du hättest dann Besitz, mit dem du für deinen

Lebensunterhalt sorgen könntest, du müsstest dir keine Sorgen mehr machen. Was sagst du?"

Irgendwo inmitten seiner Ansprache hatte sie ihre Stimme verloren. *Was?* Sie starrte ihn nur an. Sie war sich nicht einmal sicher, ob sie wirklich verstand, was er da vorschlug. *Hatte sie sich eingebildet, was er gerade gesagt hatte?* Vielleicht halluzinierte sie? Er hatte ihr doch sicherlich nicht vorgeschlagen, sie für drei Monate zu *kaufen*. Ein solcher Vorschlag war beleidigend und beispiellos.

Sie stand auf. „Die ganze Zeit über, in der du dich mit mir angefreundet hast, ging es also darum? Das wolltest du von mir?" Die Worte waren aus ihr herausgesprudelt, bevor sie darüber hatte nachdenken können, aber das war die Wahrheit. Es tat weh. Es traf sie schwer, dass sie während der ganzen Zeit angenommen hatte, dass er Zeit mit ihr verbrachte, weil er sie mochte. Doch es war alles nur dafür gewesen. Er wollte etwas von ihr.

Er erhob sich ebenfalls. „Nein. Ja, ich wollte etwas von dir, aber ich wollte dir auch helfen. Zunächst habe ich dich nicht einmal fragen wollen. Ich wollte dir nur helfen. Deshalb habe ich angeboten, dir einen zinslosen Kredit zu gewähren – weil ich wusste, dass du kein Geld von mir annehmen würdest. Auch wenn ich es dir ohne Weiteres geben könnte."

„Oh, das gefällt mir nicht. Ich will deine Wohltätigkeit nicht. Ich möchte nicht aus der Notwendigkeit heraus heiraten, meine Ranch zu retten. So etwas kann ich nicht einmal ergründen." Sie war bereits auf dem Weg zur Tür, bevor sie es überhaupt richtig merkte. Wut stieg in ihr auf.

„Ich muss gehen." Sie ging in Richtung Flur. Beck trat mit einem beunruhigten Gesichtsausdruck auf sie zu. „Du musst nicht mit mir kommen. Alles in Ordnung. Ich finde allein zu meinem Auto."

Sie drehte sich um und eilte den Flur entlang. Sie konnte nicht schnell genug hier verschwinden.

* * *

Beck hatte nicht erwartet, dass sie so reagieren würde – dass sie Nein sagen würde vielleicht, aber nicht, dass sie mit einem derart vernichteten Ausdruck auf dem Gesicht davonlaufen würde. Er ging ihr nach. „Warte, Mollie. Komm schon, geh nicht." Aber sie hatte das Haus bereits verlassen. Er folgte ihr nach draußen. „Mollie, ich wollte dich nicht beleidigen."

Sie blieb an ihrem alten Truck stehen, eine Hand an der Tür, als er sie erreichte. Sie drehte sich zu ihm um. „Du hast es vielleicht nicht beabsichtigt, aber du hast genau das getan. Ich habe gedacht, du willst mein

Freund sein. Ich muss gehen." Sie schlüpfte in ihren Truck.

Er sagte nichts, er stand nur da und sah ihr nach.

Er hatte nicht erwartet, dass sie es so persönlich nehmen würde. Andererseits, hatte er wirklich erwartet, dass irgendjemand dieses Angebot annehmen würde? Er hatte ihr diesen Deal nicht einmal anbieten wollen, warum war er dann also überrascht von ihrer Reaktion? Weil er gedacht hatte, dass sie miteinander gut auskamen und sie denken würde, dass es ein gutes Geschäft war.

Da hatte er sich geirrt. Und sie dachte nun, er hätte sie ausgenutzt. Er drehte sich um, ging zurück ins Haus und sah sich auf dem Weg ins Wohnzimmer um. Dieses Haus würde er bald nicht mehr bewohnen, denn wenn sein Großvater sein Chartergeschäft übernahm, dann würde er weggehen. Er fuhr sich mit der Hand durch die Haare. Was für ein Durcheinander. Aber es war Mollie, um die er sich Sorgen machte. Sie war verletzt, weil er alles falsch dargelegt hatte. Alles falsch angegangen war.

* * *

Mollie saß auf ihrer Veranda und wartete darauf, dass der Umzugswagen eintraf. Nach Becks Vorschlag, sie zu kaufen um ihre Ranch zu retten, hatte sie die Nase voll gehabt und die Bank angerufen und gesagt, sie sollten einfach kommen und die Ranch an sich nehmen. Sie würde in zwei Tagen ausziehen. Sie hatte eine Wohnung über einer Garage gefunden, die sich in einem ziemlich schlechten Zustand befand, aber sie gehörte einer kleinen alten Dame, die sie ihr vermieten würde. Sie hatte sie eines Tages auf dem Weg zur Arbeit entdeckt, sie war billig und die Dame, der sie gehörte, hatte ihrem Einzug zugestimmt. Mollie brauchte lediglich einen Ort, an den sie gehen konnte. Sie musste sich damit auseinandersetzen, dass dies nicht mehr ihr Zuhause war, diese Ziegen nicht mehr ihr gehörten. Sie musste die Verbindung zu alldem hier abbrechen. Es würde ihr Herz brechen, ohne jeden Zweifel. Sie rieb dem Ziegenbaby, das sich in ihre Arme schmiegte, über den Kopf. Sie hielt es schon eine Weile fest an sich gedrückt und verabschiedete sich von ihm. *Ziemlich erbärmlich, wenn das einzige, wovon man Abschied nehmen kann, eine Ziege ist.* Die meisten Leute besaßen zumindest einen Hund. Sie besaß eine Ziege.

Sie schreckte auf, als sie hörte, wie ein Truck näherkam. Als sie aufblickte, entdeckte sie Becks Wagen, der sich rasch näherte – nicht den Umzugswagen. Sein Auto zog eine Staubwolke hinter sich her. Sie wappnete sich für die Begegnung mit ihm.

Er stieg aus dem Truck und nahm mit loderndem Blick die bereitstehenden Kisten in Augenschein.

„Was machst du hier?", fragte sie. Ihr verräterisches, nichtsnutziges Herz schlug bei seinem Anblick schneller. Das war einfach lächerlich.

Er riss sich den Hut vom Kopf und näherte sich ihr, wobei er einen äußerst zerknirschten und um Entschuldigung bittenden Eindruck erweckte. „Ich bin gekommen, um mich zu entschuldigen. In den letzten zwei Tagen habe ich immerzu an dich gedacht. Ich wollte schon eher kommen, fand aber, ich sollte dir Zeit geben, dich zu beruhigen. Vor ein paar Minuten war ich im Diner und Dixie sagte mir, du hättest einen Umzugswagen samt Fahrer engagiert, der deine Sachen fortbringen soll. Dass du bereits die Bank angerufen und ihnen gesagt hast, sie sollen sich die Ranch nehmen. Sie war aufgebracht. Das bin ich auch. Du musst das nicht tun."

Sie stand auf und setzte das Ziegenbaby auf dem Boden ab. Es begann sofort auf und ab zu springen und herumzutanzen. „Ich habe keine andere Wahl. Und ich möchte lieber zu meinen eigenen Bedingungen aufbrechen. Lieber gehe ich ein paar Tage eher, als es unnötig hinauszuzögern."

„Tu das nicht. Du musst mich nicht heiraten, aber

du brauchst diesen Ort trotzdem nicht zu verlieren. Um Himmels willen, nimm mein Kredit-Angebot an. Geringe Zinsen – es ist ein Geschäft, schlicht und einfach… nur ein Geschäft. Das Heiratsangebot würde uns beiden zugutekommen, aber das ist mir im Moment gleichgültig – hier geht es um dich."

Er ging auf sie zu und zog aus seiner Gesäßtasche einige Papiere hervor. Er legte sie auf den Tisch neben ihr. Als sie sie ignorierte, versuchte er, sie ihr in die Hand zu drücken. „Sei nicht stur. Schau dir die Unterlagen an. Ich habe sie meinen Anwalt für dich aufsetzen lassen. Sie sind sauber. Ich habe sogar einen Zinssatz von einem Prozent hinzugefügt, um dich glücklich zu machen. Ich habe ihn so eingerichtet, dass er über viele Jahre läuft, aber wir können es auch anders machen, ganz wie du willst. Für mich wäre es eine Investition. Glaub mir das, ich bin drauf und dran, mein Unternehmen zu verlieren – ich benötige eine Investition. Nimm das Angebot an. Sei eine Geschäftsfrau und mache etwas aus diesem Grundstück, dieser Ranch. Ich würde mich nicht schuldig fühlen müssen bei dem Gedanken, dass ich versucht hätte, dich auszunutzen. Ich wollte dich niemals ausnutzen. Ich wollte dir nur helfen. Und genau deswegen bin ich hier." Endlich unterbrach er seinen Redeschwall. Mit großen Augen sah er sie an, darum bittend, dass sie tat, worum er sie bat.

Sie starrte ihn mit donnerndem Herzen an. Letzteren Umstand ignorierte sie besser, sie musste ihren Verstand benutzen. Nur das ihr Gehirn mit einem Mal ganz umnebelt war. Er bot ihr ein Geschäft an. Keine Bank würde ihr einen Kredit gewähren. Er bot ihr ein Geschäft an; wiederholte sie in ihrem Inneren. Sie sah ihn an; er zog eine Braue hoch und blickte sie zerknirscht an. Sie hasste diesen Ausdruck an ihm.

„Ich glaube an dich, Mollie. Was du hier hast – du kannst etwas daraus machen, wenn du nur das Angebot annimmst. Ich tue das nicht aus Mitleid, nicht aus irgendeinem Grund – es ist rein geschäftlich. Du kannst damit zu deiner Bank gehen und noch einmal nachfragen – sie würden dir keinen Kredit gewähren, aber ich werde es tun. Und ich sage es noch einmal: nicht aus Mitleid. Und ich verspreche mir nichts anderes davon als eine lohnende Investition. Ich bin Risikokapitalgeber. Ich suche nach Dingen, die funktionieren können und das hier kann es. Du kannst es zum Laufen bringen.“

Ihr Hals begann zu schmerzen und sie spürte, dass Tränen in ihr aufstiegen. Ihr Stolz hatte einen Dämpfer erhalten, sie hatte es als Interesse an ihr gedeutet, dass er ihre Nähe gesucht hatte. Aber wenn sie das ignorierte und es rein geschäftlich betrachtete, dann machte er ihr ein unglaubliches Angebot. Schuldbewusst realisierte sie, dass er sein Chartergeschäft verlieren würde und ihr trotzdem ein solches Angebot unterbreitete. Sie löste ihren Blick von seinem und griff nach den Papieren. Sie blätterte sie durch, wenn auch nur, um etwas zu tun zu haben. Sie wusste, dass es ein faires Angebot war. Sie wusste oder glaubte zumindest, dass er nichts Hinterhältiges tun würde und doch, wenn sie sich Geschäftsfrau nennen wollte, dann sollte sie zumindest einen Teil des Vertrags lesen. Aber ihr Blick verschwamm und sie konnte nichts erkennen. Sie blinzelte heftig, um Worte bemüht.

„Okay, ich tue es. Wenn du dir sicher bist?" Es war eine Frage.

„Ich bin mir noch nie bei einer Sache sicherer gewesen, Mollie. Du bist ein guter Mensch. Du bist gut, in dem was du tust und du wirst mir mein Geld mit Zinsen zurückzahlen. Du hattest nur einfach nicht die Gelegenheit und sahst auch keinen Grund, dich hier draußen noch mehr einzubringen und aus deinem Traum ein lebendiges, wachsendes Projekt zu machen, solange dein Großvater noch am Leben war. Aber du kannst hier so viel machen. Ich sehe unzählige Möglichkeiten. Dazu brauchst du natürlich Geld, für den Einstieg, das ist in dem Kredit enthalten. Ich denke, ich sollte das besser sagen, falls du nicht alles gelesen hast."

Sie sah auf die Kreditsumme hinunter. „Woher wusstest du, wie viel ich benötige?"

„Ich habe die Bank angerufen. Das Grundstück ist zur Zwangsvollstreckung ausgeschrieben – es ist also kein Geheimnis. Ich habe die Zahl in Erfahrung gebracht und noch etwas hinzugefügt. Es ist alles rechtskräftig."

Sie ließ sich auf ihren Stuhl sinken. Sie biss sich auf die Lippe, den Vertrag zwischen den Fingern. Sie wischte sich mit dem Handrücken über die feuchte Stirn. Kopfschmerzen kündigten sich an. „Die ganze Woche über habe ich mich gefragt – also in den Tagen, seit wir in deinem Haus miteinander gesprochen haben – warum sollte dein Großvater versuchen, dich zum Heiraten zu zwingen? Warum sollte er sich etwas aneignen, für das du so hart gearbeitet hast? Warum tut er so etwas, wenn er dich liebt? Das ergibt für mich einfach keinen Sinn."

Er lehnte sich gegen das Geländer der Veranda und verschränkte die Arme vor der Brust. Sein Hut baumelte an seinen Fingerspitzen. „Es begann mit meinem Großonkel J. D. Der war ziemlich unberechenbar, man wusste nie, was er sich als nächstes ausdenken würde. Und er war sehr gebieterisch, wenn es um Dinge ging, die er erreichen wollte und er hat es auf diese Weise weit gebracht im Leben. Er war ein erstaunlicher Geschäftsmann, aber er war auch ein guter Mann. Er hatte ein großes Herz. Er verlor seinen einzigen Sohn und seine Schwiegertochter bei einem Flugzeugabsturz – demselben, bei dem auch meine Eltern ums Leben kamen. Mein Großvater war sein Bruder, sie haben beide ihre einzigen Söhne verloren. Und dann ohne zu zögern ihre Enkel aufgenommen – sie haben nicht einmal darüber nachgedacht." Er sah über die Weiden und ihr Herz schmerzte bei seinem Anblick.

„Es tut mir leid."

Er nickte und seine Augen bohrten sich in ihre. „Danke. Wie auch immer, beide nahmen die Kinder ihrer Söhne zu sich und zogen sie mit ihren Frauen, unseren Großmüttern, auf. Wir hatten es wirklich gut; in uns allen steckt ein gewisser Geschäftssinn und die Sehnsucht, unsere Träume zu verwirklichen. Wir sind sieben Stück und doch hatte sich leider Onkel J.D.s größter Wunsch bis zu seinem Tod im letzten Jahr, als er plötzlich an einem Herzinfarkt starb, nicht erfüllt: er wollte Urenkel. Er wollte so gern welche haben, aber von seinen drei Enkeln – meinen Cousins – dachte keiner daran, zu heiraten. Onkel J.D. hatte ihnen gesagt, dass er Urenkel wollte. Normalerweise hatte er das letzte Wort und so kam es dann auch. Sein Testament war an Bedingungen geknüpft, sie hatten drei Monate Zeit, um zu heiraten und mussten dann drei Monate verheiratet bleiben. Mein Cousin Wade war als erster an der Reihe.

Mein Großvater beobachtete, was geschah und beschloss, dass er Urenkel wollte, bevor er starb. Und jetzt bin ich dran. Ich dachte, ich könnte einfach weggehen, ohne dabei etwas zu fühlen. Aber dann fand ich heraus, dass er plant, mein Unternehmen zu verkaufen; er wusste, dass er mich so kriegen würde, denn die Leute, die für mich arbeiten, sind meine Freunde. Er wird es an denjenigen verkaufen, der das niedrigste Gebot abgibt. Mein Name wird aus den Unterlagen des Unternehmens getilgt, für das ich so hart gearbeitet habe… Großvater wusste, dass er mich auf diese Weise dazu bringen würde, es zumindest zu versuchen."

Ihr Herz spielte erneut verrückt. Das war unglaublich. „Wow."

„Ich habe mit meinem Cousin Todd gesprochen und er meinte, dass ich mit diesem Deal vielleicht jemandem helfen könnte – dass es keine schreckliche Sache sein müsse, ich es von einer anderen Warte betrachten könnte. Dass diese temporäre Ehe, auch wenn sie ungewöhnlich wäre, für jemanden einen

Segen darstellen könnte. Da habe ich an dich gedacht."

Schuldgefühle fraßen sich in sie hinein. Die Wahrheit dessen, was er gesagt hatte, traf sie. *Er hatte gedacht, er könne ein Segen für sie sein.* Und sie war sofort zu dem Schluss gekommen, dass er versuchte, sie auszunutzen.

„Ist das wahr? Du hast gedacht, ein Segen für mich zu sein und mich nicht zu benutzen?"

„Das ist die Wahrheit. Ich möchte ein Segen für dich sein und dir diesen Kredit gewähren, er bringt nur wenig Zinsen, bedeutet für mich aber trotzdem ein gutes Geschäft. Jeder Betrag wird mir helfen, mein Chartergeschäft neu aufzubauen. Du kannst für mich ein Segen sein, wenn du diesen Deal annimmst und mir die Zinsen zahlst."

* * *

Beck wusste, dass er an dem Tag, an dem sie sein Haus verlassen hatte, nicht alles richtiggestellt hatte und das hatte ihn gestört. Als er sie jetzt ansah, wollte er nur, dass sie sein Angebot annahm. Er musste sein eigenes Geld dafür verwenden, den Kredit zu sichern, denn er würde auf nichts zurückgreifen können, was mit seinem Chartergeschäft zu tun hatte – dem Chartergeschäft seines Großvaters, korrigierte er sich in Gedanken. Er war dankbar, dass er nebenher weitere Investitionen getätigt hatte und Mollie diesen Kredit anbieten konnte. Das brachte ihn selbst zwar in eine etwas anfälligere Position in Bezug auf den Cashflow was die Zeit nach dem drohenden Verlust seines Chartergeschäfts anging, aber je länger er darüber nachgedacht hatte, umso stärker war in ihm die Überzeugung gereift, dass er das einfach nicht *nicht* tun konnte. Somit würde es vielleicht länger dauern, als er es sich gewünscht hatte, bis er selber wieder völlig auf die Beine käme, aber ihm war klar, dass er mit einer Sache absolut nicht klarkäme: wenn sie weiterhin dachte, dass er sie hatte ausnutzen wollen. Und nur ihre Freundschaft gesucht hatte, weil er sie dazu hatte bringen wollen, ihn zu heiraten und ihm Ärger zu ersparen.

„Mach schon, unterschreib die Papiere. Lass uns das hinter uns bringen." Er vernahm das Geräusch eines Motors hinter sich und als er einen Blick über seine Schulter warf, entdeckte er einen mittelgroßen Transporter, der die Auffahrt heraufkam. „Unterschreib und sag dem Mann in dem Truck, er soll wieder nach Hause fahren."

Sie biss sich auf die Lippe und sah von dem Truck zu ihm. „Erzähl mir von diesem Deal mit deinem Großvater. Was müsste ich tun?"

Er verlagerte sein Gewicht von einem Bein auf das andere, ihre Worte verstörten ihn. „Nichts. Davon abgesehen, mich zu heiraten, enthält er keine anderen Klauseln. Wir müssen drei Monate verheiratet bleiben. Wir müssen nicht einmal das Schlafzimmer teilen – was wir nicht tun würden, da es sich ausschließlich um eine geschäftliche Abmachung handelt. Großvater hat die verrückte Vorstellung, dass ich das nur machen werde, wenn ich jemanden finde, in den ich mich verlieben könnte und dass die drei Monate uns Zeit geben, genau das zu tun und wir dann zusammenbleiben. Das ist es – das ist sein Ziel. Ich verspreche dir, alles ist rein geschäftlich. Aber mach dir deswegen keine Gedanken. So wird es nicht kommen. Wir machen es anders. Du wirst Geld haben und eine Ranch, die läuft. Ich werde ein paar Mal pro Woche mit dem Flugzeug unterwegs sein, mein Geschäft am Laufen halten und den Rest der Zeit hier mit dir arbeiten. Wir werden die Ranch auf Vordermann bringen. Ich habe Frieden damit geschlossen, dass ich alles verlieren werde."

Der Fahrer des Transporters stieg aus. „Sie haben einen Truck bestellt?"

Beck sagte nichts; er sah lediglich Mollie an.

Sie blickte zu dem Mann und dann auf den Vertrag. Sie befeuchtete ihre Lippen mit der Zunge und sah sehr nervös aus. „Rein geschäftlich?"

„Absolut. Ich gebe dir mein Wort."

Sie ging zum Rand der Treppe und lächelte dann den Mann an. „Ich habe Sie umsonst herkommen lassen und werde Sie für die Zeit entschädigen. Aber ich brauche den Transporter nun doch nicht."

„Sind Sie sicher?"

Sie sah zurück zu Beck.

Er sagte nichts, ließ ihr Zeit, eine Entscheidung zu treffen. Er verspürte eine Mischung aus Angst und Aufregung.

Sie nickte. „Ich bin mir sicher. Ich kann Ihnen einen Scheck ausstellen oder Sie schicken mir eine Rechnung, wie es für Sie angenehmer ist."

„Nein, Madam. Ich fahre einfach zurück in die Stadt, wenn Sie mich nicht benötigen."

Er stieg wieder in seinen Truck und Beck sah zu, wie er sich entfernte und dann die Auffahrt entlangfuhr. Erst als er auf die Straße abgebogen war, sah sie Beck an.

„Unterschreib." Er lächelte.

Sie schüttelte den Kopf. „Das nicht. Wir brauchen einen Pfarrer und den anderen Vertrag."

„Du heiratest mich?"

„Ja. Das ist das einzig Richtige... Partner."

KAPITEL ELF

„Hiermit erkläre ich Sie zu Mann und Frau, Mr. und Mrs. Beck McCoy."

Beck hatte Mitleid mit Mollie. Er hielt ihre Hände, während der Friedensrichter die Worte sprach und spürte, wie sehr sie zitterten. Er drückte sie sanft und fühlte, wie ihn ein starker Drang danach, sie zu beschützen, überkam. Er war dankbar, dass sie eingewilligt hatte, das zu tun. Er mochte sie sehr, das war zumindest ein Lichtblick in dieser ganzen Tortur. Er hatte sich vorgenommen, mit ganzem Herzen dafür zu sorgen, dass ihr Anwesen auf eigenen Beinen stehen und Gewinn einbringen würde, wenn er es verließ. Und etwas wäre, auf das sie immer stolz sein könnte. Er lächelte sie an und hoffte, sie damit so zu ermutigen, dass sie mit dem Zittern aufhörte.

„Sie dürfen die Braut jetzt küssen."

Die Worte des Friedensrichters überraschten ihn.

Natürlich sollte er sie küssen. Seit dem Abend, an dem
sie ihn geküsst hatte, hatten sie sich nicht erneut
geküsst. Und er würde lügen, wenn er sagen würde, er
hätte nicht mehrmals an diesen Kuss gedacht. Es war
ein großartiger Kuss gewesen. Er wollte eigentlich
nicht daran denken – wollte ihm nicht zu große
Bedeutung beimessen, denn jegliche romantischen
Gefühle, die sie mit dieser Ehe verbanden, wären
gefährlich. Er selbst würde sich für immer fragen, ob
sie sich nicht in jemand anderen verliebt hätte, wenn
sie das nicht getan hätten.

Er verbannte alle Gedanken aus seinem Kopf. Er
dachte zu viel nach. Sie schaute zu dem Friedensrichter
und zurück zu ihm und er konnte in ihren Augen
sehen, dass sie sich fragte, ob er sie tatsächlich küssen
würde oder nicht. Er hatte zu lange gewartet. Um das
auszugleichen, trat er näher, legte seine Arme um sie
und zog sie an sich, während er seine Lippen auf ihre
senkte.

Es würde nur ein kurzer Kuss sein. Aber als sich
ihre Lippen trafen, war ihre Berührung so zögerlich,
dass er annahm, sie sei besorgt darüber, dass er sie
nicht küssen wollte, da konnte er nicht anders – und
küsste sie. Er küsste sie mit umwerfender Hitze. Das
kam aus dem Nichts. In dem Moment, als sich ihre

Lippen berührten, konnte er beinahe nicht anderes mehr tun. Sich ein wenig benommen fühlend, zog er sich schließlich zurück.

Der Friedensrichter grinste. „Na, wenn das mal nicht so aussieht, als würdet ihr eine schöne, gesunde Ehe führen. Habt einen wundervollen Tag ihr beiden." Seine Sekretärin, die als Zeugin fungiert hatte, lächelte ebenfalls zu ihnen herüber.

Mollie hatte noch immer nichts gesagt. Beck hielt ihre Hand, dankte ihnen und führte Mollie aus dem Büro, den Flur entlang und hinaus in die Sonne.

Sobald sie draußen waren, drehte er sich zu ihr um. „Atme, Mollie. Atme. Alles wird sich finden."

Sie sah so benommen aus, dass er einen Arm um sie schlang und eine Hand auf den von ihm abgewandten Ellbogen legte und sie eine Minute an seine Seite drückte. „Geht es dir gut?"

„Ich fühle mich wie ein Weichei. Man sollte meinen, ich wäre darauf vorbereitet gewesen. Aber das war ich wohl nicht." Sie atmete noch einmal ein und tätschelte dann seine Brust. „Mir geht es besser, danke. Auch wenn es komisch ist, jetzt verheiratet zu sein. Mrs. Beck McCoy."

Er gluckste. „Was auch immer das bedeuten mag, aber ja, für jetzt."

„Ja, für jetzt."

*Lag da ein Schatten in ihren Augen, als sie das
sagte?*

„Wenn es dir recht ist, könnten wir zurück zum
Haus fahren. Ich bin nicht in der Stimmung, jemanden
zu treffen. Wir könnten irgendwo anhalten und uns
etwas zu essen mitnehmen. Wie klingt das?"

„Das klingt gut. Ganz wie du willst."

Er hoffte, das Richtige zu tun. Er fand, dass es
nicht hilfreich wäre, so zu tun, als wäre dies eine echte
Ehe, deshalb hielten sie die ganze Sache besser
entspannt, auf einer geschäftlichen Ebene. Andernfalls
wäre das nicht gut für Mollie. Er wollte ihr auf keinen
Fall einen falschen Eindruck vermitteln. Auch wenn es
angemessen erschien, mit ihr essen zu gehen oder zu
feiern, so schien es ihm doch in diesem Moment genau
das Falsche zu sein.

Sie waren nun verheiratet und konnten sich
genauso gut an die Arbeit machen. Er hatte niemandem
gesagt, dass sie heiraten würden. Er hatte niemanden
hier haben wollen; hatte nicht gewollt, dass ihnen
jemand alles Gute wünschte. Wenn sie zurück auf der
Ranch waren, würde er Cal, den Anwalt seines
Großvaters, anrufen und ihn wissen lassen, dass sie
verheiratet waren, dass es nun offiziell war und die

Zeit zu zählen begann. Er hatte nicht vor, seinen Großvater anzurufen.

Er half Mollie in seinen Truck, den er vor dem Gerichtsgebäude geparkt hatte. Sie roch heute besonders gut, nach Vanille und noch etwas anderem, blumigen. Sie roch wie etwas, das gut schmecken würde. Es erinnerte ihn an den Geruch, wenn seine Großmutter gebacken hatte. Er blieb in der Tür stehen und ließ sich von diesem Geruch einhüllen.

Sie sah zu ihm auf, nachdem sie den Sicherheitsgurt angelegt hatte.

„Mollie, ich möchte dir noch einmal danken. Ich möchte dir noch einmal sagen, dass ich denke, das alles gut wird. Für uns beide. Und ich verspreche dir, du wirst ein Unternehmen haben, das dich ernährt und auf das du stolz sein kannst, wenn wir fertig sind."

Sie nickte. „Ich bin froh, dass wir das tun. Ich danke dir, denn ohne dich hätte ich das nicht tun können. Wir werden ein gutes Team abgeben."

„Ja, ein gutes Team. Ganz genau."

* * *

„Also, du wirst dir eine zukunftsfähige Ranch aufbauen, aber schau dir nur mal das ganze Ackerland an, das du hier hast. Hast du mal über Pfirsiche

nachgedacht? Ich meine, die ganze Gegend hier –
Stonewall – die Pfirsiche hier sind unglaublich und es
gibt eine große Nachfrage nach ihnen. Du könntest hier
einen großartigen Obstgarten anlegen. Falls du das tun
möchtest, werden wir uns ein wenig damit
beschäftigen müssen. Ich glaube, es könnte großartig
laufen."

Warum hatte sie nie über Pfirsiche nachgedacht.
Dieses Gebiet war bekannt für seine Pfirsiche; seine
Pfirsiche, seine Weingüter und seine Trauben waren
unglaublich. Im Hill Country boten sich einem jede
Menge Möglichkeiten. Sogar aus Feigenkakteen
konnte man Marmelade herstellen, und dies war die
perfekte Umgebung dafür.

„Ich liebe die Idee mit den Pfirsichen. Ich frage
mich, wie viel Ackerfläche man dafür bräuchte. Und
was ist mit der Bewässerung und all dem?"

Beck stand mit verschränkten Armen da und
betrachtete das Land. Sie waren über das Grundstück
gefahren und hatten es sich angesehen. „Du hast mehr
als genug Platz für einen Obstgarten und deine
Viehbestände. Wenn wir diesen Gedanken verfolgen,
müssen wir uns erstmal damit beschäftigen, für alles
die richtige Größe zu ermitteln. Wir werden deine
Gewinne maximieren und das ganze wie ein großes
Puzzle betrachten. Ich werde ein paar Freunde anrufen,

die uns sagen können, wie sie die Lage einschätzen und dann werden wir uns hinsetzen und uns alles ansehen."

„Das ist aufregend", sagte sie und blickte sich um.

„Das ist es. Du besitzt gutes Land. Du hast Zugang zu Wasser. Du hast abfallendes Land, wo Wasser leicht abfließen kann. Du hast grasbewachsenes Land und solches, das etwas karger ist. Dir stehen alle Möglichkeiten offen, die verschiedensten Dinge damit anzufangen. Wir sollten uns damit beschäftigen, ob es sich lohnt, Feigenkakteen anzubauen. Ich weiß nicht recht, ob es dafür eine große Nachfrage gibt oder ob das eher so eine Art Nischenprodukt ist. Vielleicht lohnt es sich nicht, aber wir können uns das auf jeden Fall mal anschauen."

„Ich kann es kaum glauben, dass all das geschehen wird." Sie konnte nicht anders und grinste ihn an. Sie hatten die erste Nacht überstanden. Es hatte sich etwas merkwürdig angefühlt, aber er war in sein Zimmer gegangen, welches ihm völlig zusagte und sie hatte ihres aufgesucht. Bis zum Frühstück an diesem Morgen waren sie in ihren Zimmern geblieben. Lustigerweise waren sie beide etwa um die gleiche Zeit herum aufgestanden. Sie hatten zusammen Kaffee getrunken und während sie Speck und Eier gebraten hatte, war er nach draußen gegangen und hatte die Ziegen gefüttert. Sie hatte ihn durch das Fenster beobachtet und ihr Herz hatte sich ein wenig zusammengezogen, als sie ihn betrachtete. Sie musste zugeben, dass es angenehm war, morgens nicht allein hier zu sein, rief sich dann aber selbst ins Gedächtnis, dass sie sich daran machen könnte, einen Ehemann zu finden, wenn die Ranch erst einmal lief. Einen richtigen Ehemann.

Während sie ihn so anblickte, kam er ihr wie ihr persönlicher Engel vor. Er war gekommen, ihr dabei zu helfen, ihr Land zu retten, und wenn er gehen würde, hätte sie ihr eigenes Unternehmen. Es war wundervoll.

Sie hatte Dixie gesagt, dass sie kündigen würde, da sie am Aufbau ihres Unternehmens arbeiteten und sie ihr nicht die Zeit stehlen wollte. Beck hatte gemeint, dass sie nicht würde arbeiten müssen, während er hier war, sie würden für alles eine Lösung finden. Sie hatte geplant, noch die nächsten zwei Wochen zu arbeiten, aber Dixie hatte davon nichts wissen wollen.

Dixie würde ihr Geheimnis für sich behalten, sie wusste, dass sie geheiratet hatten. Und bis es sich überall herumgesprochen hatte, war es Mollie ganz lieb, wenn nicht jeder Bescheid wusste. Dixie glaubte, sie hätten sich Hals über Kopf ineinander verliebt. Es war merkwürdig, dass die Leute einen ganz falschen Eindruck bekommen würden – sie logen sie an, wenn man es genau nahm. Es war einfacher, wenn sie nicht in der Stadt war, so konnten sie die Leute nicht ausfragen. Sich hier zwischen Blanco und Stonewall zu verstecken, brachte eine gewisse Distanz zwischen sie und die Stadt, was im Moment eine gute Sache war. So stellte niemand Fragen.

„Also, wo werden wir die Kühe unterbringen? Wahrscheinlich näher am Haus, oder? Oder wäre es hier draußen besser? Ich weiß nicht so richtig Bescheid in diesen Dingen, weil ich nie darüber nachgedacht habe, Geld mit Kälbchen zu verdienen."

„Ich denke, es ist besser, wenn die Kälber näher an der Scheune sind. In etwa so wie du es mit deinen Ziegen handhabst. Vielleicht sollten wir dir einen Esel besorgen, der mit den Kälbern zusammenlebt – du weißt schon, um sie vor Kojoten und so zu schützen."

„Das stimmt, ich vergaß, dass Esel das tun. Ständig sehe ich Esel auf Weiden und vergesse doch immer, wozu sie da sind. Ich vergaß, dass sie einem bestimmten Zweck dienen und nicht nur dort sind, weil sie so süß sind."

Er lachte. „Soweit ich weiß, sind sie nicht allzu süß und auch nicht immer zahm. Sie können ziemlich gemein sein. Ein gut gezielter Tritt eines Esels sorgt dafür, dass Kojoten das Weite suchen."

„Ich mag sie gleich noch mehr, ich glaube, ich hätte gern einen Esel. Ich werde Ziegen und einen Esel und Kälber und Hühner haben. Ich werde wie ein guter alter McDonald aussehen."

Er lächelte. „Du wirst einen ziemlich hübschen alten McDonald abgeben. Und deine Farm wird sehr erfolgreich werden, denke ich."

Sie spürte, wie ihr angesichts des Kompliments ganz warm wurde. Sie gingen zurück zum Truck. „Hast du schon jemandem aus deiner Familie erzählt, dass wir geheiratet haben?" Darüber hatte sie seit dem Vortag immer wieder nachgedacht. Sie wusste, dass er es seinem Großvater nicht gesagt hatte, weil er diesem die Befriedigung nicht gönnte. Er wollte, dass er es herausfand, wenn er es eben herausfand, aber von ihm würde er es nicht erfahren. Sie fand es merkwürdig, dass Beck und sein Großvater so schlecht aufeinander zu sprechen waren, besonders weil die Hochzeit für sie selbst einen solchen Segen bedeutete.

„Noch nicht, aber ich habe vor, es ihnen zu sagen – wahrscheinlich heute noch. Ich wollte nur erstmal hierherkommen und mich etwas einleben und ein wenig vertrauter mit dir werden, bevor alle anfangen, uns Fragen zu stellen und so."

„Okay. Meinst du, es wird okay sein... also für sie?"

„Oh, sie werden großartig damit umgehen. Sie haben mir immer wieder gesagt, ich solle es tun, aber ich wollte das nicht. Ich meine, ich war so sauer auf meinen Großvater, dass ich fest entschlossen war, es nicht zu tun. Aber zum Glück wusste Todd, was er zu mir sagen sollte, und nun betrachte ich es mit anderen Augen." Sein Blick erwärmte sich, als er sie anblickte.

* * *

Anderthalb Wochen nach ihrer Hochzeit bog Beck auf der Suche nach Mollie Mae um die Ecke der Scheune. Er war heute mit dem Flugzeug unterwegs gewesen und während der gesamten Flugzeit hatte er immer wieder an seine Frau gedacht – an Mollie. Mit Mollie Mae unter einem Dach zu leben gestaltete sich ein wenig schwieriger als gedacht. Besonders morgens fand er sie unwiderstehlich, wenn er sie in langen, schlabberigen Pyjamahosen und einem weiten T-Shirt verschlafen aus ihrem Schlafzimmer kommen sah, das Haar durcheinander und mürrischer aussehend, als er das für möglich gehalten hätte. Diese Frau war definitiv kein Morgenmensch. Er hatte begonnen, dafür zu sorgen, dass eine Tasse Kaffee bereitstand, wenn sie erwachte, weil… nun, weil er es mochte, das Entzücken auf ihrem Gesicht zu sehen, wenn ihr klarwurde, dass sie nur nach der Kaffeetasse zu greifen brauchte, die er ihr hinhielt, anstatt den Kaffee selbst kochen und darauf warten zu müssen, dass er endlich durchlief.

Ja, er mochte es wirklich, das mit anzusehen. Sie brauchte nur einen Schluck zu trinken und schon schien eine Veränderung in ihr vorzugehen, ähnlich wie in diesen Werbespots, in denen ein miesepetriger Mensch gezeigt wurde, der sich, kaum dass er einen Bissen von einer Tafel Schokolade zu sich genommen hatte, in seinen normalen, liebenswerten Zustand verwandelte. Ja, so war Mollie, wenn es um Kaffee ging und er liebte es, Zeuge dieser Verwandlung zu werden.

Aber es war mehr als das; er genoss es, mit ihr zu arbeiten. Sie arbeiteten Seite an Seite und entwickelten Pläne und er musste dagegen ankämpfen, sich zu ihr hinüberzubeugen, denn sie verströmte diesen Geruch, der ihn um den Verstand brachte. Er wusste nicht, was es war, nahm aber an, dass es eine Kombination mehrerer Produkte war, die sie verwendete – vielleicht Shampoo und Haarspülung. Falls es ein einziger Duft war, dann war es irgendjemandem gelungen, einen unvergesslichen Duft zu kreieren und in ein

Fläschchen zu füllen.

Jedenfalls wurde das Ganze zu einer regelrechten Folter. Er wollte sie nicht irreführen. Er wollte sie nicht ausnutzen, während sie verheiratet waren und sie küssen oder ihre Beziehung vertiefen, denn wenn sie nach den drei Monaten getrennter Wege gingen, sollte nichts zwischen ihnen stehen. Er wollte nicht, dass er dann irgendetwas bereute, wollte sich keine Sorgen darüber machen müssen, ob er sich während seiner Ehe ehrenhaft verhalten hatte oder nicht. Doch das hieß nicht, dass er nicht litt. Er fühlte sich mehr zu seiner Frau hingezogen, als er das jemals für möglich gehalten hatte. Mit jedem Tag, den er in ihrer Gegenwart verbrachte, wurde das Loch tiefer, das er sich selbst gegraben hatte.

Heute konnte er sie nicht finden. Er war bereits seit zwanzig Minuten zu Hause und hatte sie noch nicht entdeckt. Er kam zu dem Schluss, dass sie wahrscheinlich gerade die Ziegen fütterte. Dort hatte er noch nicht nachgesehen. Er war im Garten gewesen. Er hatte einen Blick in das Hühnerhaus geworfen. Er hatte sogar in die Hütte mit der Wasserpumpe gespäht. Schließlich war ihm aufgegangen, dass sie wahrscheinlich mit ihren Ziegen spielte. Sie liebte diese Ziegen.

Den Anblick, der sich ihm bot, als er um die Ecke

bog, hatte er jedoch nicht erwartet. Überrascht blickte er auf Mollie Mae Darling McCoys gerundetes Hinterteil, das aus einem der kleinen Ziegenhäuser ragte, die sie für die Ziegenbabys gebaut hatten.

Er hatte den glänzenden Einfall gehabt, dass sich die Ziegenbabys vielleicht über etwas Ähnliches zum Spielen freuen würden, wie es den großen Ziegen mit den Betonrohren zur Verfügung stand und das sie dafür nutzten, darin herum zu staken und darauf herum zu klettern. Er hatte ein paar kleinere Versionen der großen Vorbilder geschaffen, aber solche, an denen nur ein Ende offen war; das andere war zu, falls eines der kleinen Ziegenbabys darin schlafen wollte. Babyziegen waren klein – sogar kleiner als Mollie, die zwar schlank, aber offensichtlich trotzdem zu groß für den kleinen Unterstand war. Sie wackelte mit dem Hinterteil. Er legte den Kopf schief und sah interessiert zu. Er konnte nicht anders. Sie trug abgeschnittene Jeans, die ihre Rückseite hübsch zur Geltung brachten. Er hörte sie murren. Sie bewegte sich mit einem Ruck, blieb aber, wo sie war. Da dämmerte es ihm – sie steckte fest. Mit einer Mischung aus Besorgnis und Humor näherte er sich ihr und räusperte sich.

„Mir war nicht klar, dass ich das für dich gebaut habe. Ich dachte, es wäre für die Ziegenbabys."

Sie hielt inne.

„Zum Glück bist du da. Ich stecke hier schon seit ungefähr dreißig Minuten fest. Ich komme nicht mehr raus. Meine kleine Ziege ist hier drin und sie wollte nicht rauskommen, also dachte ich, ich würde reingreifen und sie herausholen. Aber ich konnte sie mit meinen Armen nicht ganz erreichen, weil du den Unterstand so lang gebaut hast. Ich weiß nicht, was los ist. Mein Brustkorb – er steckt fest."

Das war sonderbar. „Hast du dich irgendwie hineingedrückt, um deine Rippen durch die Öffnung zu pressen? Ich weiß nicht recht, ob ich verstehe, wie du dort hineingekommen bist, nun aber nicht mehr zurückkommst."

„Das weiß ich auch nicht." Leicht gedämpft erklang ihre Stimme aus dem Behältnis. „Vielleicht ist es, weil ich meinen Bauch eingezogen habe und deswegen hineingepasst habe, aber jetzt stecke ich mit meinem Brustkorb fest."

„Im Ernst?" Er hasste es, das Offensichtliche zu sagen, aber das war wirklich seltsam.

„Im Ernst. Ich stecke fest. Beck, kannst du mich hier rausholen? Das Ziegenbaby hat Angst. Es weiß nicht, was es davon halten soll, dass ich hier bei ihm bin. Und es ist dunkel. Zum Glück sind hier drinnen keine Schlangen – das habe ich überprüft, bevor ich hineingekrochen bin."

Wie um ihren Worten mehr Nachdruck zu verleihen, ruckte und zuckte sie ein paarmal hin und her, stöhnte dann aber auf, weil ihr diese Bewegungen offensichtlich Schmerzen bereiteten.

„Okay, warte. Ich kann dich da rausholen, denke ich."

„Was meinst du, du denkst?"

„Ich muss mein Werkzeug holen gehen, dann komme ich zurück. Zuerst werde ich das Frontstück abnehmen, dann eine Latte nach der nächsten, bis ich bei denen angekommen bin, die deinen Körper umgeben. Dort auf der Seite." Es wäre nicht sehr schwer, klang aber kompliziert. Das Gebilde sah aus wie eine kleine Hundehütte und er würde die Seiten auseinanderbauen müssen.

„Okay, aber beeile dich bitte. Ich stecke schon so lange in dieser Position, dass mir langsam ein bisschen schwindelig wird."

„Nun ja, wenn du ohnmächtig werden solltest, wärst du vielleicht so entspannt, dass ich dich an den Füßen herausziehen könnte."

Sie trat aus und versuchte ihn zu treten. „Ich werde besser nicht ohnmächtig."

Er lachte. „Ich bin gleich wieder da." Er ging zur Scheune, griff nach seinem Werkzeug und kam zurück. Innerhalb weniger Minuten hatte er das erste Brett auf der rechten Seite gelöst. Das einzige Problem bestand darin, dass sie jedes Mal stöhnte, wenn er zuschlug, um einen Nagel herauszutreiben. Offensichtlich hatte sie sich gründlich eingeklemmt. Er konnte es nicht unterlassen, darauf hinzuweisen. „Weißt du denn nicht, dass man sich niemals irgendwo hineinquetschen sollte, weil man immer anschließend herausfinden muss, wie man wieder rauskommt?"

„Das ist nicht hilfreich", knurrte sie und brachte ihn damit erneut zum Lachen.

„Du bist ganz schön leicht reizbar. Für ein so zartes Wesen hast du ganz schön Biss."

„Ich werde dich schlagen", sagte sie und klang dabei so harmlos wie eine Feder.

„Ich mag Frauen, die einem Handgemenge nicht aus dem Weg gehen." Er konnte sich vorstellen, wie sie den Kopf schüttelte. Vielleicht würde er sich einen Schlag einfangen, wenn sie befreit war. Schließlich löste er das Brett und sie setzte sich auf und rieb sich die Rippen.

„Ich weiß nicht, was ich getan hätte, wenn du nicht gekommen wärst", sagte sie.

„Ich bin froh, dass ich nach Hause gekommen bin. Vielleicht waren die Dinger keine so gute Idee. Jemand anderes oder eine der großen Ziegen könnte darin steckenbleiben."

„Vielleicht lassen wir sie einfach an der Seite offen. Ich habe allerdings nicht vor, noch einmal dort hineinzukriechen." Während sie sprach, schlüpfte das Ziegenbaby heraus, es hüpfte unverzagt in ihren Schoß und kuschelte sich an sie.

„Zumindest hast du die Ziege hervorgeholt."

Sie sah lächelnd zu ihm auf. „Hat dir schonmal jemand gesagt, dass du ein Klugscheißer bist, Beck McCoy?"

Er gluckste. „Schon oft. Meine Brüder haben das ständig gesagt und Caroline habe ich mehrmals so verärgert erlebt, wie du es gerade bist. Der einzige Unterschied ist, dass sie es mir gegeben hat. Du hast so getan, als würdest du mich treten, aber sie hätte mit voller Absicht ihr Ziel getroffen. Oder mir gegen den Arm geschlagen."

„Nun ja, ich denke ernsthaft darüber nach. Ich denke, es hat dir viel zu viel Freude bereitet, mich zu betrachten, als ich dort feststeckte."

Er blickte sie treuherzig an. „Ich muss zugeben, ich konnte mich nicht über die Aussicht beschweren. Du, Mollie Mae, hast eine sehr hübsche Figur, wenn ich das sagen darf."

In diesem Moment trat sie doch noch zu und erwischte ihn an der Wade.

165

Er lachte. „Okay, jetzt wirst du auch noch handgreiflich."

„Vielen Dank dafür, dass du mich befreit hast, aber ich muss sagen, ich bin ein wenig schockiert darüber, wie sehr du das genossen zu haben scheinst."

„Versteh mich nicht falsch. Wir haben geheiratet, damit daraus ein Segen für uns beide erwächst. Aber ich bin ein Mann und du bist eine Frau und ich würde lügen, wenn ich sagen würde, dass es nicht schwer ist. Du bist..." *Was sagte er da?* Die Gedanken an sie, denen er den ganzen Nachmittag über nachgehangen hatte, gerieten außer Kontrolle. Er hatte so etwas nie sagen wollen, hatte nicht geplant, sie wissen zu lassen, wie er über die Situation dachte, in der sie sich befanden. Aber er hatte auch dieses Vorkommnis nicht erwartet.

Sie sah ihn an, die Farbe in ihrem Gesicht wurde langsam wieder normal.

Ihr Gesichtsausdruck wurde ernst. „Ich würde lügen, wenn ich abstreiten würde, dass ich ein wenig das gleiche Problem habe. Es ist gut zu wissen, dass ich nicht die Einzige bin, die in dieser Beziehung leidet."

„Wirklich?" Warum sorgte dieses Eingeständnis dafür, dass er sich so verdammt gut fühlte?

Sie stand auf und wischte sich den Staub von der Vorderseite ihres Hemdes, was seine Aufmerksamkeit auf den Rest ihres Körpers lenkte. Rasch wandte er den Blick wieder ab und sah zu ihrem Gesicht.

„So, jetzt nachdem wir diese Information ausgetauscht haben, denke ich, wir sollten sie wegschließen und so tun, als hätten wir dieses Gespräch nie geführt. Wie klingt das?"

„Vernünftig."

Er erhob sich und sammelte seine Werkzeuge ein. „Gut. Dann werde ich mein Werkzeug verstauen. Anschließend entlade ich den Truck. Ich habe ein paar Utensilien für das Bewässerungssystem im Pfirsichgarten mitgebracht. Ich dachte, wir könnten den Traktor nehmen und ein paar Gräben ausheben."

Sie nickte und sie starrten einander weiter an. Ein unangenehmer Moment verstrich. Er war versucht, sie zu fragen, ob sie ihre geschäftliche Abmachung nicht noch einmal überdenken und um ein wenig Spaß erweitern wollte. *Vielleicht nur einen Kuss.* Dann sagte er *Nein* zu sich selbst, schüttelte diesen törichten Gedanken ab und ging davon. Davonzugehen war das Beste, was er im Moment tun konnte.

KAPITEL ZWÖLF

Mollie half Beck dabei, die Rohre für die Bewässerung des Pfirsichgartens in Reihen zu verlegen. Sie waren schon seit Stunden bei der Arbeit und obwohl es inzwischen Abend geworden war, war es immer noch heiß an diesem texanischen Tag und das Ganze eine äußerst schweißtreibende Angelegenheit. Und schmutzig noch dazu.

Sie war verdreckt, von grobem Sand bedeckt und durcheinander und sah wahrscheinlich völlig unattraktiv aus. Warum dachte sie überhaupt darüber nach, ob sie attraktiv oder unattraktiv aussah? Nun ja, das lag natürlich an dem Gespräch, dass sie vorhin geführt hatten, als sie im Ziegenhaus festgesteckt hatte. In was für eine lächerliche Situation hatte sie sich da nur wieder gebracht – und dann hatten sie auch noch dieses Gespräch geführt, in dessen Verlauf sie zugegeben hatte, dass es ihr Probleme bereitete, an ihn und ihre Situation zu denken.

Ja, das Zusammenleben mit Beck McCoy hatte sich als eine ziemliche Tortur erwiesen. Dieser Mann sah morgens viel zu gut aus, als dass sie direkt nach dem Aufstehen anders als mürrisch auftreten konnte. Sie gab sich Mühe, aber jedes Mal, wenn sie ihr Zimmer verließ, wusste sie bereits, dass er besser aussehen würde, als ein Mann um diese Uhrzeit aussehen sollte, selbstbewusst und fröhlich, muskulös und frisch geduscht... nun ja, es war einfach mehr, als sie ertragen konnte.

Schon der Gedanke daran, auf ihn zu treffen, stimmte sie verdrießlicher als es sonst morgens ihre Art war. Und er dachte, sie wäre um diese Uhrzeit immer so.

Er hatte keine Ahnung.

Zum Glück war er nicht auf den Kopf gefallen und hatte erkannt, dass Kaffee half. Der Becher, den er ihr stets unverzüglich reichte, trug dazu bei, ihre Gefühle in den Griff zu bekommen. Es waren gerade einmal anderthalb Wochen vergangen. Sie wünschte, sie würde immer noch im Diner arbeiten. Das Restaurant hatte ihr zumindest Gelegenheit geboten, innerlich etwas zur Ruhe zu kommen, wenn sie die Gäste bediente.

Doch sie arbeitete nicht mehr dort; Dixie hatte ihr

mitgeteilt, dass sie eine neue Kellnerin einstellen würde, die sich beworben hatte.

Das bedeutete, dass sie den größten Teil ihrer Zeit mit Beck verbringen würde. Sie gestand sich ein, dass es zu ihren Lieblingsbeschäftigungen gehörte, abends mit ihm auf der Veranda zu sitzen und den Sonnenuntergang zu betrachten, während sie darüber sprachen, was sie als nächstes auf ihrer kleinen Ranch verändern würden.

Sie betrachtete das, was sie bisher im Pfirsichgarten erreicht hatten. Am zweiten Tag seines Aufenthalts hatte er ein Unternehmen damit beauftragt, herzukommen und die Pfirsichbäume zu pflanzen. Es waren etwa einhundert Stück. Ihre Ranch war nun mehr eine Farm und das gefiel ihr.

Er hatte die Männer nicht damit beauftragt, sich um die Bewässerung zu kümmern – er hatte gesagt, das sei einfach und sie könnten es selbst bewerkstelligen. Also taten sie das. Es war leicht zu sehen, dass es Beck genoss, mit den Händen zu arbeiten; augenscheinlich gefiel ihm harte Arbeit. Dieser Mann mochte Milliardär sein, er mochte es genießen, seine Elite-Kundschaft durch die Gegend zu fliegen, aber Beck McCoy war auch eine Bereicherung, wenn es darum ging, in einen Graben zu steigen und hart zu arbeiten. Er war wie geschaffen dafür.

„Wer hat dir beigebracht, so zu arbeiten?", fragte sie jetzt und wischte eine Fliege fort, die sich offenbar in sie verliebt hatte.

„Bei mir war es genauso wie bei dir – mein Großvater hat mir alles beigebracht, so wie dein Großvater dir alles beigebracht hat."

Warum sah Schmutz an ihm gut aus und sorgte bei ihr dafür, dass die Fliegen sie liebten? „Ja, das hat er." Sie seufzte. „Ich vermisse ihn."

Beck setzte sich auf seine Schuhe. Seine Knie steckten im Dreck, denn diese Tätigkeit erforderte es, dass man mit den Knien im Dreck steckte. „Ja." Er zog seinen Handschuh aus und griff nach seinem Hut. Er fächelte erst ihr, dann sich selbst für eine Minute Luft zu, während er ihr Tagwerk betrachtete. „Ich vermisse meinen Großvater auch. Aber dagegen kann ich im Moment nicht viel tun."

„Meinst du nicht, du solltest ihn mal besuchen?"

„Nein. Er weiß, wo er mich finden kann. Ich habe Cal, seinen Anwalt, angerufen. Cal hat ihn darüber informiert, dass wir geheiratet haben, er weiß also, dass ich tue, was er von mir verlangt hat. Er weiß, dass meine Zeit läuft. Er weiß, dass ich in zwei Monaten und zwei Wochen, plus minus ein paar Tage, frei und wieder zu Hause sein werde. Ich werde auf eigenen Füßen stehen und er wird mir nie wieder etwas Derartiges antun können."

Warum trafen sie seine Worte so hart? Er konnte es kaum erwarten, dass ihre gemeinsame Zeit zu Ende ging und sie rief sich das auch besser immer wieder ins Gedächtnis, andernfalls wäre sie leicht versucht, mehr in die Situation hineinzuinterpretieren als diese hergab. Sie befand sich in einer gefährlichen Situation, das hatte sie schon die ganze Zeit über gewusst – aber es wurde mit jedem Tag schlimmer. Andererseits, wenn er solche Dinge sagte, dann schmerzte das zwar, war aber hilfreich.

„Ich werde auch frei sein und ein großartig aussehendes Anwesen mein Eigen nennen können, eines, das sogar Einkommen generiert und das alles nur wegen dir. Ich denke, wir sollten noch mehr erledigen, denn wenn dieser Pfirsichgarten erst einmal wächst, werden wir jede Menge zu tun haben."

Er grinste sie an. „Du bist ein gnadenloser Boss. Lass mich eine Flasche Wasser trinken. Du solltest das auch tun, anschließend widmen wir uns der nächsten Reihe."

Sie stand auf und ging auf den Truck zu; er folgte ihr. Sie griff nach ihrer Wasserflasche und nahm einen tiefen Schluck. Er schmeckte leicht salzig, ein Trick, den ihr Beck verraten hatte. „Wenn du eine Prise Salz in dein Wasser gibst, wird dir das helfen, dein Energielevel aufrechtzuerhalten." Sie hatte sich an den Geschmack gewöhnt und er hatte recht – sie ermüdete weniger schnell.

Noch etwas, das Beck McCoy ihr beigebracht hatte.

Noch etwas, das sie noch lange nach seiner Abreise begleiten würde.

* * *

Die nächsten Wochen vergingen. Und es wurde von Tag zu Tag schwieriger, nicht den Kopf zu verlieren. Beck war wunderbar. Er arbeitete, flog sein Flugzeug, kam dann wieder zurück und half ihr, die Ranch zu ihrem Traumanwesen zu machen. Doch die Wahrheit war leider… dass er nicht bleiben würde.

Sie musste sich immer wieder daran erinnern, auf Distanz zu bleiben. Doch dann reichte sie ihm ein Rohr, eine Tasse Kaffee oder ein Glas Tee und sobald sich ihre Finger berührten, spielte ihr Herz verrückt. Ja, ihr Herz. Sie würde sich mit ihrem Herzen auseinandersetzen müssen. Ihr Herz machte Probleme – es machte sie fertig, wenn es wieder einmal förmlich explodierte wie ein olympischer Läufer, der vom Startblock aus vorwärtsschnellt.

An diesem Abend erwartete sie eine ganz neue Art der Aufregung. Becks Brüder und ihre Frauen sowie Caroline und ihr Mann würden vorbeikommen, um mit ihnen zu Abend zu essen. Auch seine Cousins und deren Frauen würden mit von der Partie sein. Alle, außer sein Großvater.

Sie füllte den Teekrug auf und sah aus dem Fenster. Beck drehte gerade die Rippchen um, die er auf den nagelneuen Highend-Grill gelegt hatte, der nun auf ihrer winzigen hinteren Terrasse stand. Der Grill wirkte dort so fehl am Platz wie sie selbst sich vorkam, wenn sie sich in Becks Haus aufhielt. Er hatte angebracht, dass jeder einen Grill brauchte, auch wenn sie in ihrem ganzen Leben noch nie gegrillt hatte. Wenn sie Lust auf etwas Gegrilltes hatte, dann kaufte sie das von jemandem, der wusste, was er tat – im Gegensatz zu ihr.

Beck hatte ihr versichert, er würde ihr beibringen, wie mit dem riesigen Ungetüm umzugehen sei. Er verstand es nicht... warum sollte sie dieses große Ding nutzen, wenn er erst einmal fort wäre. Nur für sich selbst? Augenblicklich sah sie sich selbst vor ihrem inneren Auge vor sich wie sie ganz allein und ihn vermissend auf der Veranda stand und den Grill zum

Laufen zu bringen versuchte. Ein erbärmlicher Gedanke.

Ebenso erbärmlich war es, einen Haufen Milliardäre in ihrem kleinen Haus zu empfangen. Sie redete sich ein ums andere Mal ein, ihnen erhobenen Hauptes entgegenzutreten und nicht groß darüber nachzudenken, Beck tat das schließlich auch nicht. Er hatte nie auch nur ein schlechtes Wort über ihr Haus verloren. Vielmehr benahm er sich so, als liebte er es. Andererseits sagte er auch, dass er sich in dem kleinen Bett im Gästezimmer, in dem er schlief, sehr wohl fühlte, doch sie wusste, dass das nicht der Wahrheit entsprach. Seine langen Beine mussten über die Bettkante hinausragen und die Matratze war uralt und klumpig. Und dann war da noch die Tatsache, dass ihre Großmutter das Zimmer vor etwa dreißig Jahren mit floralen Tapeten dekoriert hatte – rosafarbene Rosen, die mit der Zeit einen gelblichen Farbton angenommen hatten. Auch die Bettdecke zierten gelbe Rosen, allerdings war deren Farbe der der Rosen an der Wand nicht einmal annähernd ähnlich… vielleicht würden die Rosen an der Wand irgendwann zu denen auf der Bettdecke passen – wenn sie noch weitere vierzig Jahre Zeit zum Vergilben hätten vielleicht.

Natürlich war Beck kein Spielverderber gewesen,

als sie ihn an ihrem ersten Abend in dieses Zimmer mit der Blumenexplosion geführt hatte, er war nicht einmal zusammengezuckt. Er hatte gesagt, es erinnere ihn an seine Großmutter und später, er habe sehr gut darin geschlafen. Sie bezweifelte, dass die Zimmer seiner Großmutter mit derart vielen Blumen dekoriert worden waren. Diese hatte wahrscheinlich einen Innenarchitekten kommen lassen, der ihre Gästezimmer ausgestattet hatte. Einmal hatte sie sich vorgenommen, das Zimmer umzugestalten, aber es war weder jemals das Geld dafür da gewesen noch die Zeit.

Sie hatten seine Familie seit der Hochzeit noch nicht gesehen. Sie wusste, dass Beck sie gebeten hatte, ihnen etwas Zeit zu geben und dass er auch seinen Großvater noch nicht getroffen hatte. Das bereitete ihr Sorgen. Sie wünschte, er würde ihn aufsuchen. Sie verstand seinen Großvater nicht, hasste es aber, dass zwischen den beiden Unfriede herrschte. Sie vermisste ihren Großvater sehr und konnte nachvollziehen, warum Beck wütend war. Trotzdem, es ging um seinen Großvater und dieser lebte. Diese Tatsache sollte er schätzen und keine Zeit mit Wut verschwenden.

Wenn sie noch einen Tag mit ihrem geliebten Großvater verbringen könnte, nur einen einzigen Tag, sie würde ihm sagen, wie sehr sie ihn liebte und einfach bei ihm sitzen, seine Hand halten und sich mit ihm unterhalten. Tränen traten ihr in die Augen, als sie daran dachte. An solche Dinge dachte man immer erst, wenn es zu spät war.

Sie war dankbar, dass es zwischen ihr und ihrem Großvater kein böses Blut gegeben hatte… in der Tat war sie sogar dankbar dafür, dass sie vom tatsächlichen Stand der Dinge bis zu seinem Tod nichts gewusst hatte, so hatte sie auch keinen Grund gehabt, wütend auf ihn zu sein.

Seltsam, aber wahr.

Sie blinzelte heftig, atmete tief durch und konzentrierte sich auf das prachtvolle männliche Exemplar, das Gott ihr geschickt hatte, um das Chaos zu beheben, in dem sie sich befand. Sie sollte nicht weinen, bevor all die Milliardäre eintrafen. Sie konnte es gar nicht gebrauchen, diese mit einer roten Nase und ebensolchen Augen zu begrüßen. Nein, es war an der Zeit, den Pfirsichauflauf zuzubereiten.

Dies war das Lieblingsgericht ihres Großvaters gewesen. Sie fand, sie hätte etwas Ausgefalleneres für Becks Familie herrichten können, aber sie fand einen gewissen Trotz darin, etwas aufzutischen, was ihr Großvater derart geliebt hatte. Es war fast, als ob er durch das Servieren seines Lieblingsdesserts bei ihr wäre. Rasch öffnete sie eine Tüte mit gelber Kuchenfertigmischung und bereitete diese zu, wie es auf der Verpackung angegeben war – sie gab Eier dazu und ein wenig Öl und Wasser – und dann gab sie alles in eine Pyrex-Pfanne. Anschließend öffnete sie eine Dose Pfirsiche und goss diese darüber. Ganz zum Schluss kam eine großzügige Portion Zimt und brauner Zucker obendrauf. Es würde wunderbar schmecken und sie fühlte sich bereits besser, als sie das Gericht in den Ofen schob.

In wenigen Minuten würde es im ganzen Haus köstlich duften, ein weiterer guter Grund dafür, eben jenes besondere Dessert zu backen. Wenn Becks Familie ihr winziges Haus betreten würde, würden alle sofort diesen Duft einatmen und wahrscheinlich nichts anderes mehr wahrnehmen, so lecker würde es riechen. Vielleicht würden sie gar nicht bemerken, wie abgenutzt alles war, dass Risse die Rigipswände durchzogen und all die anderen Dinge, an die sie sich im Laufe der Jahre gewöhnt hatte. Beck hatte sogar neue Gartenstühle für die hintere Veranda kaufen müssen, damit jeder einen Platz zum Sitzen hatte. Er hatte sie aus dem Laden angerufen, an dem er nach einem Flug Halt gemacht hatte und sie gefragt, welche Farbe sie bevorzugte.

Ihr kleines Haus war weiß mit schwarzen Zierleisten, daher hatte sie gedacht, dass Rot vielleicht gut dazu passen würde. Jetzt sah es dort hinten hell und fröhlich aus. Doch sie knabberte an ihrer Lippe herum und fragte sich, ob es nicht vielleicht besser gewesen wäre, eine gedämpfte Farbe wie Braun zu wählen. *Wies die helle Farbe darauf hin, dass es ihr an Kultiviertheit fehlte?*

„Lass es einfach", murmelte sie vor sich hin. „Du bist nicht kultiviert. Du bist ein Landmädchen, das in einem Landhaus lebt und so ist es eben."

Mit diesen Vorbehalten eilte sie zu ihrem Schlafzimmer, um sich umzuziehen, bevor alle eintreffen würden.

„Du bist nur vorübergehend ein Bestandteil seines Lebens, das solltest du nicht vergessen", sagte sie zu der Frau im Spiegel. „Danke, dass du mich auf Kurs hältst. Und ehrlich zu mir bist."

Sie betrat ihr Schlafzimmer und zog ihre Stiefel an. Hier draußen waren Stiefel genau richtig und außerdem hatte sie keine Zeit gehabt, sich um ihre Zehennägel zu kümmern und sie würde ganz sicher nicht in Flip-Flops und mit ungemachten Zehennägeln vor diesen Leuten erscheinen. Die Mädels dieser Familie gaben wahrscheinlich einen Haufen Geld für

Spas und andere Dinge aus und ließen sich die Nägel professionell machen. Sie hatte nie auch nur einen Fuß in ein Spa gesetzt. *Schluss jetzt damit.* Sie würde damit aufhören, sich selbst zu bemitleiden. *Es war lächerlich und gut tat es ihr auch nicht.*

Sie ging zurück in die Küche. Das Dessert roch köstlich. Sie griff nach unten und blickte in den Ofen. Nur noch ein paar Minuten und es wäre fertig. Sie ging zum Kühlschrank und holte eine Eiswürfelschale daraus hervor, dann drehte sie diese um und ließ das Eis in eine Schüssel fallen. Beck hatte Crushed Ice für später gekauft; es befand sich in einer Kühlbox draußen auf der Veranda. Doch jetzt würde sie das Eis nehmen, das sie aus ihrem alten Kühlschrank geholt hatte. Sie füllte zwei Gläser mit Eis und goss dann süßen Tee dazu. Sie ging nach draußen. *Ja, sie war verrückt.* Sie spielte mit dem Feuer, als sie Beck anlächelte.

„Hey – du siehst gut aus. Ich freue mich darauf, dass gleich alle kommen und dich kennenlernen."

Seine Worte waren wie Bomben, die ihr schmerzendes Herz trafen. Sie hielt ihm ein Glas hin und er griff danach. Seine Finger berührten ihre, genau wie sie es geahnt hatte. Ein Schauer raste über ihre Arme und ergriff schließlich ihr Herz. Ihr Magen machte einen Satz und die Knie wurden ihr schwach Und natürlich begann ihr Herz zu klopfen. Sie war ein Wrack.

Sie lächelte und gestand sich selbst ein, dass sie ihre Reaktion genoss. Sie speicherte sie in ihrem Gedächtnis für die Zeit ab, in der er fort wäre und sie seine Berührung nicht mehr spüren würde. „Ich dachte, du würdest vielleicht etwas Tee wollen. Hier draußen riecht es wirklich gut."

„Ich hoffe, es schmeckt dir. Nach dem Rezept meines Großvaters. Ich mag mich vielleicht gerade nicht mit ihm verstehen, aber er weiß, wie man anständig grillt. Und genau das tun wir heute Abend."

„Das freut mich. Ich finde, du solltest vielleicht deinen Großvater aufsuchen und Frieden mit ihm schließen. Ich mache auch etwas in der Art. Ich habe den speziellen Pfirsichauflauf meines Großvaters gebacken, also werden sie heute Abend beide ein bisschen bei uns sein."

„Dieser Pfirsichauflauf riecht unglaublich. Gibt es Blue Bell Eis dazu?", fragte er und lenkte von dem Gespräch über seinen Großvater ab.

„Kennst du noch eine andere Art, heißen Pfirsichauflauf zu servieren?"

„Nein, so ist er perfekt. Wenn es nicht zu viel

Mühe macht, dann könntest du vielleicht mal einen nur für uns beide backen, einen, den ich nicht mit meiner Familie teilen muss."

„Das ist das Schöne daran – das Rezept ist ganz unkompliziert. Genau wie das Verhältnis zwischen mir und meinem Großvater es war. Und die Zutaten sind sehr preiswert, weswegen er dafür sorgte, dass alles stets zur Hand war. Ihm hatte er seinen Bauch zu verdanken, sagte er immer." Sie lachte und dachte an ihren Großvater. „Er machte sich immerzu über seinen kleinen Bauch lustig. Er hat sein ganzes Leben lang hart gearbeitet und ich fand immer, dass er sich den Pfirsichauflauf und das Blue Bell Eis einfach gönnen sollte, wenn er Lust darauf hatte."

„Da stimme ich dir zu." Beck lächelte sie an, als er an seinem Tee nippte. „Weißt du, du machst den besten Tee, den ich je getrunken habe."

Sie lächelte, erfreut über seine Worte. „Ein Rezept meiner Großmutter. Ihr gebühren die Lorbeeren. Ich mache nur, was sie mir beigebracht hat. Sie machte den besten Tee in ganz Texas."

„Nun, sie hat es an dich weitergegeben. Ich werde wahrscheinlich selbst ein kleines Bäuchlein haben, wenn ich fortgehe von all den Pfirsichaufläufen und dem süßen Eistee."

Sie konnte nicht anders. Ihr Blick schoss zu seiner muskulösen Brust, seinem Sixpack. Sie hatte seine harten Bauchmuskeln ein oder zwei Mal gespürt, als sie getanzt hatten oder bei der Arbeit, wenn ihre Hand versehentlich seinen Bauch gestreift hatte, als sie ihm einen Zaunpfosten oder ein PVC-Rohr gereicht hatte. Es würde eine Menge Pfirsichaufläufe und süßen Tee erfordern, bis dieser Mann auch nur den Ansatz eines Bauches zeigte. Doch eigentlich war ihr das egal. Die Wahrheit – die gefährliche Wahrheit – war, dass sie Beck McCoy so nehmen würde, wie sie ihn bekommen konnte, mit Bauch oder ohne.

KAPITEL DREIZEHN

„Sie ist wirklich eine nette Frau." Wade saß neben Beck, an das Geländer der Veranda gelehnt.

Todd stimmte ihm aus einem der roten Gartenstühle zu, die sie auf die Veranda gestellt hatten. „Ja. Und mein Gott, dieser Pfirsichauflauf war unglaublich."

„Da muss ich ihnen zustimmen", meinte sein Bruder Ash. „Du hast eine gute Wahl getroffen als es darum ging, wen du heiraten sollst. Und dabei hast du die ganze Zeit herumgemosert, wenn es um das Thema ging."

Auch Morgan saß auf einem der roten Stühle. Die Feuerstelle, die er an dem Tag gekauft hatte, als er auch den Grill erworben hatte, stand zwischen ihnen; sie war der Sommernacht zum Trotz der Atmosphäre wegen entzündet worden. „Denkst du nicht inzwischen, dass es vielleicht gar nicht so schrecklich

ist, wie du es dir vorgestellt hast?", fragte er. „Ich
meine, ich verstehe dich total. Ich weiß noch, wie ich
auf den Lavasteinen auf Kauai stand und darüber
nachdachte, was unser Großvater mir da nur angetan
hatte, als ich plötzlich Amber entdeckte, die beinahe
ertrank. Wenn ich nicht auf diesen Felsen gestanden
hätte, wer weiß, was geschehen wäre. Ich hätte sie
vielleicht verloren ohne jemals erfahren zu haben, was
ich verpasst hatte. Mir wird ganz schlecht, wenn ich
darüber nachdenke. Gebt du und Mollie der ganzen
Sache eine Chance?"

Denton, der an dem gegenüberliegenden Geländer
lehnte, blinzelte ihm im Licht der Abendsonne zu.
„Wenn du dich hier auf der Veranda umsiehst, dann
wird dir aufgehen, dass keiner von uns dachte, dass er
jemanden finden würde, den er heiraten könnte,
geschweige denn, dass er sich tatsächlich verlieben
würde. Wenn Großvater nicht gewesen wäre, wäre
keiner von uns so glücklich, wie er es jetzt ist."

Becks Hand legte sich fester um die langstielige
Grillgabel, während seine Gedanken in Aufruhr waren.
„Mollie ist eine großartige Frau. Ich hätte sie nicht
geheiratet, wenn ich geglaubt hätte, dass die drei
Monate mit ihr schrecklich würden. Aber sie hat viel
durchgemacht. Ich wäre dumm, wenn ich mich nicht
zu ihr hingezogen fühlen würde und ich spüre einen

gewissen Beschützerinstinkt ihr gegenüber, aber diese beiden Dinge bedeuten nicht Liebe und das ist es auch nicht, worauf wir uns verständigt haben. Wir waren uns einig, dass wir heiraten und dann wieder getrennter Wege gehen würden. Wir sind Freunde, auch wenn ich sie sehr mag."

„Wahrscheinlich geht es dir ähnlich wie mir damals", meinte Todd. „Ich war fest entschlossen, nicht mit Ginny zusammenzubleiben, weil ich nicht wollte, dass mein Großvater entschied, was ich tun sollte. So denkst du doch auch, oder?"

„Diesen Gedanken hatte ich. Und ich muss sagen, dass ich diesbezüglich äußerst entschlossen bin."

Jesse, der bisher geschwiegen hatte, ergriff nun das Wort. „Beck, denk dran, wenn du sie am Ende nicht von ganzem Herzen liebst, dann müsst ihr euch trennen, damit ihr beide die Chance habt, die Liebe eures Lebens zu finden. Ich denke, dieses Gespräch ist ziemlich gefährlich. Es ist gefährlich, dich zu ermutigen, dich zu verlieben. Denn das kann ohnehin nur dein Herz."

Beck mochte Jesse. Jesse war stets besonnen und er freute sich darüber, dass Jesse und Caroline zueinander gefunden hatten.

„Danke, Jesse. Ich stimme dir zu. Mollie verdient es, dass jemand sie von ganzem Herzen liebt und verehrt und dem würde ich niemals im Wege stehen. Ich werde nicht bleiben und ihre Gefühle ausnutzen."

Er hatte darüber nachgedacht. Sie hatten beide so ihre Probleme; es wurde von Morgen zu Morgen schwieriger, nicht die Hände nach ihr auszustrecken und sie zu berühren. Sie berührten einander häufig, meist unter dem Vorwand, einander etwas zu reichen, wie den Tee vorhin oder die Kaffeebecher am Morgen. Oder wenn sie zusammenarbeiteten und er etwas zu nahe an ihr vorbeiging, weil er unbedingt diesen Funken der Erregung spüren wollte, den er nur empfand, wenn er ihr nahe war. Aber das war keine Liebe und das wusste er. Er musste sich immer wieder daran erinnern, dass Mollie von allem nur das Beste verdient hatte.

Die Tür öffnete sich und die Frauen kamen herausgeschlendert. Sie bildeten eine große Gruppe, beinahe hätten sie kaum alle auf die Veranda gepasst und doch gelang es irgendwie. Alle Frauen setzten sich auf Stühle neben ihre Männer, nur Mollie sah so aus, als fühlte sie sich ein wenig fehl am Platz, als sie mit ansah, wie seine Brüder nach den Händen ihrer Frauen griffen.

Caroline saß auf Jesses Schoß, sie legte ihre Arme um ihn und küsste ihn auf die Lippen. „Ich habe dich vermisst, auch wenn wir nur kurz weg waren."

„Ich habe dich auch vermisst. Aber ich musste deinen Bruder darüber aufklären, dass er zu viel Sauce auf dem Grillgut verteilt hat. Andernfalls wird er dafür sorgen, dass ich an Gewicht zulege. Und ich muss weiterhin gut aussehen, sonst läufst du vielleicht mit einem gutaussehenden Fremden davon. Vielleicht dem UPS-Typen. Er schaut wirklich oft bei uns vorbei."

Sie lachte. „Oh ja, ich und der UPS-Typ, wir stehen uns sehr nahe. Ich finde, du hast recht – in diesen kurzen braunen Shorts stecken äußerst gutaussehende Beine. Aber wie auch immer, ich weiß, dass du unter deinen Jeans auch ein paar tolle Beine versteckst. Allerdings könnten sie schon ein bisschen Sonne vertragen."

Auf der Veranda brach Gelächter aus und Beck nutzte den Moment, um neben sich auf das Geländer zu klopfen. Mollie kam zu ihm und lehnte sich dagegen. Er bewegte seinen Arm hinter ihr so, dass seine Hand ihren Arm streifte. Sie hielten einander nicht an den Händen, aber zumindest befand sie sich im Schutzbereich seines Körpers. Und er konnte diesen wunderbaren Duft riechen, der unter anderem aus Vanille bestand, einer der Zutaten für ihren großartigen Pfirsichauflauf.

„Sie haben dich da drin doch nicht verschreckt, oder?", fragte er leise.

Sie drehte ihren Kopf leicht zu ihm und flüsterte:
„Nein, sie sind großartig. Sie haben sich Bilder von
mir und meinem Großvater angesehen. Und von
meiner Großmutter."

„Ihr zwei dort drüben seid aber ziemlich ruhig.
Worüber redet ihr?", fragte Ginny.

Er fragte sich, ob Mollie bereits bemerkt hatte,
dass Ginny ziemlich offen war. Sie hielt mit ihrer
Meinung nicht hinter dem Berg und brachte die
Menschen damit manches Mal in Verlegenheit.

„Wir haben uns gefragt, ob vielleicht jemand Lust
auf eine Tour hat", sagte er. „Wir könnten den
Geländewagen nehmen und ein paar Trucks und mit
ihnen rausfahren und nach den Pfirsichen sehen. Und
ihr müsst euch die Babyziegen anschauen."

Alle Mädels quietschten auf, als sie das Wort
„Babyziegen" vernahmen und innerhalb von ein paar
Minuten hatte er erfolgreich dafür gesorgt, dass alle die
Veranda verließen und sich auf den Weg zu den
Ziegen machten.

Die Ziegen lieferten eine gute Show ab, sie
sprangen auf und ab und hüpften umher. Anschließend
fuhren sie zum Pfirsichgarten hinaus. Es würde noch
ein paar Jahre dauern, bis die Bäumchen Früchte
tragen würden – drei, schätzte er – aber er war stolz
auf das, was sie bereits erreicht hatten. Er stellte sich

vor, wie es hier aussehen würde, wenn sie fertig waren. All die verschiedenen Einkommensarten, von denen Mollie würde leben können. Es war ein gutes Gefühl.

Mollie sah stolz aus, als sie über das Feld schritt und von den Pfirsichen erzählte, schilderte, zu welcher Gattung sie gehörten und wie begeistert sie war. Er beobachtete sie gern und ihn erfüllte das warme Gefühl, das er immer verspürte, wenn er sie ansah. Mollie Mae Darling McCoy war das verkörperte Gute, verpackt in ein hübsches Äußeres.

„Beck", Caroline kam auf ihn zu, „du denkst doch an den Wohltätigkeitsball in Austin, zu dem wir kommen sollen?"

„Den habe ich ganz vergessen."

„Nun, ich denke du solltest Mollie mitbringen. Es würde ihr sicher Spaß machen. Und ihr zwei würdet mal etwas anderes tun als immer nur zu arbeiten. Immer nur Arbeit und nie etwas Spaß lassen dich eher langweilig erscheinen, Beck. Außerdem habe ich Mollie eingeladen, mit uns ins Spa zu kommen. Übermorgen fahren wir alle dorthin, als ein Vergnügen vor der Wohltätigkeitsveranstaltung. Sie hat Nein gesagt, aber ich habe die Hoffnung noch nicht aufgegeben. Ich zähle auf deine Hilfe. Es würde ihr guttun. Ich denke nicht, dass sie sich häufig etwas gönnt und so hart wie das Mädchen arbeitet, verdient sie jede Menge Vergnügen. Überzeug sie, sich uns anzuschließen, okay? Wir werden auch einkaufen gehen. Wir benutzen den Anlass als Ausrede, uns neue Kleider zu kaufen. Ja, ich weiß, ich brauche keinen Vorwand, die anderen aber schon." Sie lächelte. „Es geht dabei darum, einander besser kennenzulernen, so machen wir Frauen das. Wir würden gern Mollie ein wenig Verwöhnung zukommen lassen und sie gleichzeitig besser kennenlernen. Du bezahlst die Rechnung und kommst in den Genuss, sie am Abend des Balls völlig verwandelt zu erleben. Leg ein gutes Wort für uns ein, wir werden sie dann mit der Limousine abholen."

Er warf einen Blick zu Mollie hinüber, die gerade mit Allie sprach. Ihre Kinder hatte diese in der Obhut ihrer Haushälterin gelassen, der es großes Vergnügen bereitete, sich um sie zu kümmern. Auch Holly hatte ihre Kinder nicht mitgebracht, sie verbrachten die Zeit bei ihrem Urgroßvater, der es liebte, mit seinen Urenkeln zu spielen. Seine Haushälterin war ebenfalls anwesend, nur für den Fall, dass er eine zusätzliche Hand brauchte. Von all seinen Schwägerinnen erinnerte ihn Mollie am meisten an Allie, auch sie sprach leise und zeigte doch manchmal das in ihr lodernde Feuer, das er genoss.

Er stellte sie sich in einem extravaganten Kleid

vor und plötzlich wurde ihm klar, dass er Mollie so herausgeputzt sehen wollte. „Schick du das Auto. Ich werde mich darum kümmern, dass sie mitkommt. Ich halte das für eine gute Idee."

„Großartig. Und du, zieh dir auch was Ordentliches an. Ich fürchte, hier auf dieser Farm rumzusitzen ist dem Stil nicht gerade zuträglich."

Er lachte. „Da könntest du recht haben."

* * *

Nachdem alle gegangen waren, lief Mollie in die Küche, die bereits sauber war, weil alle Mädels darauf bestanden hatten, zu helfen, bevor sie zu den Männern auf die Terrasse hinausgegangen waren. Ihre kleine Küche war voll gewesen, aber es hatte Spaß gemacht, zusammenzuarbeiten, abzuwaschen, abzutrocknen und das Geschirr anschließend wegzuräumen. Und dann hatten sie geplaudert. Als Caroline ihr mitgeteilt hatte, dass demnächst ein Wohltätigkeitsball anstand, zu dem sie alle erwartet wurden, da war ihr das Herz in die Hose gerutscht. Sie besaß nichts, was man zu einer solchen Veranstaltung tragen konnte und das Ganze war so völlig außerhalb ihrer Liga, dass sie Nein gesagt hatte. Es war nicht besser geworden, als sie sie darüber in Kenntnis gesetzt hatten, dass sie alle ins Spa gehen und sie mit der Limo abholen würden. Und damit war es immer noch nicht genug. Nach dem Spa-Besuch würden sie Kleider kaufen gehen und sie würden ihr helfen, sich eines auszusuchen.

Sie hatte ihnen gesagt, dass sie an diesem Tag mit Beck würde arbeiten müssen und dass Beck allein fahren konnte, wenn er denn unbedingt zu diesem Ball erscheinen musste. Sie hatten ihr alle versichert, dass sie wollten, dass sie mitkäme und einige hatten hinzugefügt, dass es zunächst gewöhnungsbedürftig sei, eine McCoy zu sein. Aber sie hatten sich letztlich alle daran gewöhnt und kamen nun gut zurecht und das würde sie auch tun. Sie hatte ihnen nicht gesagt, dass sie am Ende keine McCoy mehr sein würde. Wenn alles vorüber wäre, würde sie wieder ihren eigenen Familiennamen tragen, den Namen, der zu ihr passte – Mollie Mae Darling. Sie war keine Person, die Abendkleider trug, sich Tage im Spa gönnte, schicke Schuhe kaufte oder zu Bällen ging.

Und doch hatte sie das Zusammensein mit den Mädels genossen. Sie waren unglaublich nett und sie musste zugeben, dass sie sie falsch eingeschätzt hatte. Sie waren liebenswürdig gewesen und hatten immer wieder auf Dinge in ihrem Haus hingewiesen und über sie geplaudert, wie die Steppdecke, die ihre Großmutter gemacht hatte und die über der Rückseite der alten Couch lag. Sie war wunderschön und ihre Großmutter hatte jeden Stich von Hand gestickt. Allie hatte das bemerkt und dann war Caroline auf die Fotos an der Wand, die sie und ihren Großvater zeigten, aufmerksam geworden. Sie hatte festgestellt, wie ähnlich einige den Bildern sahen, die sie und *ihren* Großvater abbildeten. Und sie hatte über die Jungen auf der Ranch gesprochen mit denen sie und Jesse zusammenlebten – ihre Jungs, wie sie sie nannte. Sie selbst schoss viele Fotos von ihren Schützlingen und stellte sicher, dass die Wände im Eingangsbereich ihres Hauses damit behängt waren, denn Bilder schufen Erinnerungen.

Sie hatte gesagt, dass Fotos die Geschichte eines gut gelebten Lebens erzählten. Mollie fand diesen Gedanken entzückend. Sie mochte Caroline sehr. Und dann hatte jede der Frauen auf etwas anderes hingewiesen: ihre Ziegen, ihre Pfirsichfelder, das Gelb ihres Geschirrs. Eine jede von ihnen war großzügig und freundlich gewesen und sie alle hatten den Pfirsichauflauf ihres Großvaters geliebt. Es war absolut nichts übriggeblieben und sie hatte gedacht, dass Todd und Denton sich um den letzten Bissen streiten würden, nur einen winzigen Rest, der noch in der Form verblieben war. Am Ende war es Ginny gewesen, die sich darüber hergemacht hatte, während die beiden

Männer so taten, als stritten sie ernsthaft um das letzte bisschen. Sie hatte es mit ihrem Löffel aufgenommen und hinuntergeschluckt, bevor die beiden überhaupt realisieren konnten, was sie da tat.

Ginny war zum Schreien komisch. Sie war lustig und scharfzüngig und genauso, wie Mollie gern wäre, wenn sie erwachsen war. Sie lachte. Sie *war* erwachsen und es bestand nicht die geringste Aussicht darauf, dass sie jemals so sein würde wie Ginny. Diese war nett, sie war humorvoll, sie sagte, was sie dachte. Manchmal gab sie einen sarkastischen Kommentar von sich, war aber äußerst einnehmend und lustig. Und sie hatte ihr anvertraut, dass man sie selbst beinahe hätte dorthin schleifen müssen, als man zum ersten Mal versucht hatte, sie zu einem Spa-Tag zu bewegen. Trotzdem war Mollie bei ihrer ablehnenden Antwort geblieben.

Sie fühlte sich einfach zu unwohl bei dem Gedanken daran. Neue Dinge fielen ihr nicht leicht. Den anderen war nicht klar, dass sie in all den Jahren hauptsächlich Zeit mit ihrem Großvater verbracht hatte. Auch nur darüber nachzudenken, in ein schickes Spa zu gehen und dann wie Cinderella auf einem eleganten Ball zu erscheinen, war beinahe zu viel für sie. Denn es mochte zu der Vorstellung führen, dass Beck ihr Prinz war. Einen Gedanken, den sie tunlichst vermied. Niemand wusste um die Gratwanderung, die sie vollführte.

Beck kam herein, er war unterwegs gewesen und hatte nach einem kleinen Kalb gesehen, über das er und seine Brüder gesprochen hatten. Er sah so gut aus, so attraktiv.

„Wie geht es ihm?"

„Es wird wieder gesund. Ash hat es sich angeschaut und gemeint, es wäre nichts Ernstes. Er glaubt, ein Kojote wäre hinter ihm her gewesen. Ich denke, wir sollten uns um einen Esel kümmern. Ich kenne jemanden in der Nähe des Enchanted Rock, der ein paar hat, vielleicht können wir uns dort einen aussuchen."

„Gern. Ich liebe den Enchanted Rock. Ich liebe diese Gegend."

„Ja, das tue ich auch. Wir können ihn hinaufwandern, wenn du magst." Die große pinkfarbene Kuppe, die sich außerhalb von Fredericksburg in der Landschaft erhob, war ein ungewöhnlicher Felsen und für die meisten Menschen mit einem leichten Spaziergang begehbar. Eine coole Sache.

„Wenn du möchtest."

„Das möchte ich. Pass auf, wir machen Folgendes: wir packen uns ein Mittagessen ein und wandern dort hinauf und machen ein kleines Picknick. Und dann wandern wir wieder runter. Du und ich sollten das mit Leichtigkeit schaffen."

„Ich mag diese Idee." Das war mehr ihr Stil als ein schicker Ball.

„Dann machen wir es." Er kam herüber, lehnte sich gegen die Theke und verschränkte die Arme. Ihre Schultern berührten sich.

Sie fragte sich, warum er so nah herangekommen war. Sie mochte das. Sie hatte schon den ganzen Abend über in seiner Nähe sein wollen. „Ich mag deine Familie. Du kannst stolz auf sie sein."

„Ich mag sie sehr. Und sie sind alle so glücklich."

„So wirken sie auch. Und all diese Babys, die unterwegs sind. Ich bin mir sicher, es werden bald noch weitere folgen, denn sie alle sehen einfach zu glücklich aus, um nicht weitere Kinder zu bekommen. Du weißt schon, was ich meine." *Hatte sie das gerade wirklich gesagt?* Sie spürte, wie ihre Wangen rot wurden.

Er sah sie mit funkelnden Augen an. „Ich denke, du hast wahrscheinlich recht. Sie üben wahrscheinlich, Babys zu machen. Und sie sind verheiratet, also haben sie jedes Recht dazu." Seine Stimme verlor sich, als sein Blick auf ihre Lippen fiel.

Sie biss sich auf die Unterlippe, mit einem Mal

war sie nervös. *Sie waren auch verheiratet.* Ihre Wangen brannten bei diesem Gedanken. Darüber dachte sie besser nicht nach.

Sie waren nicht *so* verheiratet.

Doch als er sie nun ansah... meine Güte, da wünschte sie, sie wären es.

„Meine Familie mag dich sehr. Du warst großartig heute Abend." Er drehte sich zu ihr um.

„Ich mag sie auch." Ihr Herz flatterte und geriet dann in Panik, ließ Schläge aus und hüpfte herum wie eine kleine Ziege auf einem Zuckerhoch.

Langsam streckte er eine Hand aus und strich ihr sacht über die Wange und dann den Kiefer. Und dann, als ihre Knie bereits unter ihr nachzugeben drohten, neigte er ihr Kinn und küsste sie. Das hatte sie nicht erwartet; sie glaubte, jeden Moment in Ohnmacht fallen zu müssen, als sein sanfter Kuss ein Verlangen in ihr weckte, das in keinster Weise ruhig oder kontrollierbar war. Es war wie ein Feuersturm und wie an jenem ersten Abend, als sie ihren klaren Verstand eingebüßt hatte und sich ihm in die Arme geworfen hatte. Sie verlor die Kontrolle. Sie schlang ihre Arme um seinen Hals und hielt sich an ihm fest, als wäre er ihr Lebensretter.

Er vertiefte den Kuss und zog sie näher zu sich, sodass sich ihre Körper berührten. Emotionen und

Gefühle, die noch neu für sie waren, überfielen sie. Sie mühte sich durch ein Meer an Gefühlen und ließ sich von der Leidenschaft des Augenblicks mitreißen; als sie ihre Finger in sein Haar schob, spürte sie, dass auch seine Finger nach ihrem Haar griffen.

Darauf hatte sie ihr ganzes Leben lang gewartet.

So etwas zu fühlen.

Schließlich zog er sich zurück. Sie atmeten beide schwer und er sah aus wie ein Mann, der zwischen richtig und falsch hin und her gerissen war. Sie verstand es, denn sie fühlte genau das Gleiche. Sie wollte es fortführen, wollte, dass sie in jeder Hinsicht waren wie ein verheiratetes Paar. Wollte so tun, als ob sie für immer zusammen sein würden, wollte, dass sie einander liebten... und dass sie sich das nicht nur erträumte.

„Mollie Mae", flüsterte er an ihren Lippen und zog sich dann zurück. „Du bist die süßeste Person, die ich je getroffen habe. Du küsst wie ein Engel. Ich konnte nicht anders, als dich zu küssen und dir dafür zu danken, dass du meiner Familie einen so schönen Abend bereitet hast."

Es war ein Danke-Kuss gewesen. Er hatte ihr dafür gedankt, dass sie nett zu seiner Familie gewesen war. Sie lächelte leicht. Und hoffte, dass ihre Stimme halbwegs natürlich klang. „Es war mir ein Vergnügen."

„Ich gehe jetzt ins Bett. Morgen gehen wir einen Esel aussuchen. Und dann steigen wir auf den Enchanted Rock." Er ließ sie los und trat zurück.

Sie kämpfte darum, teilnahmslos zu wirken. „Klingt perfekt."

Sie beobachtete, wie er die Entfernung zu seiner Tür zurücklegte ohne sich umzusehen und dann hineinging und die Tür bestimmt hinter sich schloss. Sie stand nur benommen da und schämte sich. Sie war ihm hemmungslos verfallen – zusammengebrochen unter der Berührung seiner Lippen. Sie war wie ein Marshmallow, dass man zu lange den Flammen ausgesetzt hatte.

Sie würde zu Bett gehen, sobald sie ihre Beine wieder trugen.

Vielleicht konnte sie ein Buch lesen oder ein Hörbuch hören.

Vielleicht würde sie schlafen können. *Sicher nicht.*

Wenn sie Glück hatte, würde ihr Gehirn alles ausblenden, was gerade geschehen war und sie würde nie wieder daran denken, Beck zu küssen.

Hah – es war unmöglich, diesen Kuss zu vergessen.

Es war alles, woran sie im Augenblick denken konnte.

KAPITEL VIERZEHN

Die Esel waren süß und Mollie verliebte sich auf der Stelle in sie. Beck sah es in ihrem Gesicht – ihrem äußerst ausdrucksstarken, schönen Gesicht.

Rufus, ein alter Freund der Familie, sah es ebenfalls. Der alte Mann zwinkerte Beck zu, dann grinste der betagte Cowboy Mollie an. „Treffen Sie Ihre Wahl, junge Dame. Die hier stehen alle zum Verkauf. Zu welchem fühlen Sie sich hingezogen?"

Mollie lächelte ihn an und ging dann zu einem weißlichen Esel, der sie mit neugierigen Augen beobachtete.

Rufus spuckte einen Schwall Tabak aus. „Das ist Sally. Ein widerspenstiges kleines Viech, aber sehr loyal. Sie hat einen guten Tritt drauf, wenn Sie also nach einem suchen, der auf Ihre Kälber aufpasst, dann ist sie eine gute Wahl. Wenn Sie aber einen Esel wollen, den Sie an der Leine herumführen können, dann sollten Sie diesen vielleicht nicht unbedingt auswählen. Sie ist es zufrieden, auf der Weide zu bleiben und ihr eigenes Ding zu machen, aber sie mag es nicht, wenn man ihr sagt wird, was sie tun soll."

Mollie lächelte strahlend. „Stimmt das, Sally?" Sie kratzte den Esel zwischen den Ohren und Sally schloss die Augen, lehnte ihren Kopf zur Seite und sah aus, als befände sie sich im siebten Himmel.

Rufus gluckste. „Ich denke, Sie haben Ihren Esel gefunden."

Mollie grinste. „Etwas an ihr hat mich einfach angezogen. Ich denke, sie wird sich um meine kleinen Kälber kümmern. Ich werde ihr wirklich dankbar sein. Ich kann mir nur immer noch nicht so recht vorstellen, dass ein so süßer kleiner Esel tatsächlich einen Kojoten mit einem Tritt ausschalten können soll."

„Oh, das kann sie. Aber mach sie nicht wütend und geh dann hinter ihr her."

Beck runzelte die Stirn. „Nein, besser nicht."

Mollie schüttelte den Kopf. „Ich werde dafür sorgen, dass sie nicht wütend wird."

„Ich habe nur Spaß gemacht. Sie wird Sie nicht treten. Aber sie schaltet jeden Kojoten innerhalb einer Sekunde aus."

„Perfekt." Mollie lächelte erst Rufus und dann Beck an.

Becks Gedanken wanderten zurück zu dem Kuss in der Küche am Abend zuvor. Er hatte kaum an etwas anderes gedacht. Dieser Kuss war ein riesiger, impulsiver Fehler gewesen.

Sie verließen Rufus, nachdem sie mit ihm vereinbart hatten, dass er den Esel am nächsten Tag liefern würde. Sie fuhren zum Enchanted Rock und Mollie sprach während der gesamten Fahrt aufgeregt über den Esel.

Der Park war zu dieser Jahreszeit stark frequentiert, aber da der Felsen die Größe einer kleinen Stadt hatte, war genug Platz für alle Besucher. Enchanted Rock war der seltsamste Felsen, den er je gesehen hatte: eine gewaltige Kuppel, die man gemächlich erklimmen konnte. Er fand immer, dass der Felsen aussah, als sei der Mond vom Himmel gestürzt und hätte sich hier in den Boden gegraben, wobei die Hälfte immer noch aus der Erde ragte. Er war faszinierend und ein gutes Ziel für einen Ausflug.

Er parkte den Truck und sie stiegen aus. Er holte den Picknickkorb heraus und streckte beim Gehen die Hand aus. „Ich weiß, es ist ein ziemlich einfacher Weg, aber sieh es mir nach… nur für den Fall, dass du ausrutschst. Ich möchte nicht, dass du irgendwohin rollst, bevor ich dich erreichen kann."

Mollie stand der Mund offen. „Vielleicht solltest

du dich an mir festhalten, falls *du* ausrutschst."

Er lachte und griff dann ihre Hand, als sie sie in seine schob. Die Berührung ihrer schwieligen Hand erinnerte ihn daran, warum er sie zu diesem Picknick mitgenommen hatte. Er drückte sanft ihre Hand, die rau war von der harten Arbeit, die sie stets leistete. Er wollte diese Schwielen küssen und sie glätten. Er wollte ihr das Leben leichter machen.

Er lachte. „Machen wir es so. Wenn jetzt einer von uns stürzt, rollen wir zumindest gemeinsam den Hang hinunter."

„Das klingt eigentlich sogar ganz lustig." Sie runzelte die Stirn. „Tut mir leid, dass ich das gesagt habe. Wenn ich in deiner Nähe bin, sage ich manchmal Dinge, die mich selbst schockieren."

Er lachte. „Apropos, ich hätte dich letzte Nacht nicht küssen sollen. Auch ich mache Dinge, die ich nicht tun sollte."

Sie atmete tief durch und achtete auf ihre Schritte, als sie höher auf den Felsen stiegen. „Ich habe mich darauf eingelassen. Ich habe es genossen. Um ehrlich zu sein, wurde ich noch nie richtig geküsst, deswegen habe ich es durchaus genossen, dass du mir die Augen in Bezug auf das Küssen geöffnet hast, weißt du? Wenn du wieder fort bist, werde ich mir ein wenig besser vorbereitet vorkommen, wenn ich damit beginne, mich zu verabreden."

Er verfehlte den nächsten Schritt und stolperte und musste sich dann darauf konzentrieren, gleichmäßig einen Fuß vor den anderen zu setzen. Er dachte nicht gern daran, dass sie sich verabreden würde. *Aber konnte er das sagen?* Ihre Ehe war nur vorübergehend; sie würden sich scheiden lassen. Er konnte ihr nicht sagen, dass er die Vorstellung, sie würde sich verabreden, nicht guthieß. *Was für ein Typ war er eigentlich?* Aber er mochte das nicht. Er mochte es wirklich gar nicht.

„Du wirst durchsetzungsfähiger, ist mir aufgefallen. Du bist gar nicht mehr das ruhige, schüchterne Mädchen, das ich kennengelernt zu haben glaubte, damals als wir uns in der Tanzhalle trafen."

Es stimmte. Von dem Moment an, in dem sie ihn das erste Mal geküsst hatte bis zu ihrer gestrigen Erwiderung seines Kusses, hatte ihn Mollie immer wieder auf sehr angenehme Art und Weise überrascht. Er schob den Gedanken daran, wie sehr er es genoss, sie zu küssen, beiseite. „Wenn du dein eigenes Unternehmen führen möchtest, musst du auch durchsetzungsfähig sein, du weißt, was ich meine?" *So, es war ihm gelungen, zurück aufs Geschäftliche zu kommen, auf sicheres Terrain.*

Sie blieb an einer Stelle oben auf der Kuppel

stehen und blickte über das Land, das sich weit unter ihnen erstreckte. „Ich weiß, was du meinst. Und darüber bin ich auch froh. Aber wir wissen beide, dass ich mich in Bezug auf uns beide eher untypisch verhalten habe. Ich werde mich um mein Unternehmen kümmern. Aber du hast mich mit diesem Kuss in Versuchung geführt und ich habe mich ein wenig gehen lassen, nun ja, ich verbuche es unter Praktische Erfahrungen fürs Dating. Wie auch immer, lass uns hier picknicken. Von hier hat man einen großartigen Ausblick."

„Ja, das stimmt." Er löste seinen Blick von ihr und blickte über das Land, froh über den Themenwechsel. Er musste mit ihr über ein paar Dinge reden und dabei ging es nicht ums Küssen.

Er stellte den Korb ab. Sie breiteten die Decke aus und holten dann ihr Mittagessen hervor. Es war nichts Besonderes – Sandwiches, Eistee, etwas Obst, das sie in einen Behälter getan hatte und ein paar Cookies, die sie selbst gebacken hatte. Er war sich nicht sicher, ob sie das wusste, aber sie war eine gute Köchin und eine ebenso gute Bäckerin. Die Cookies waren großartig, aber er wusste, dass sie ihm nur sagen würden, dass sie sich an das Rezept ihrer Großmutter gehalten hatte, wenn er sie loben würde. Sie würde nicht glauben, dass sie das Lob verdient hatte. Sie rechnete immer alles ihrer Großmutter oder ihrem Großvater an.

Ihm war aufgefallen, wie bescheiden Mollie war. Das gefiel ihm. Er war sich nicht sicher, ob sie bescheiden war oder über ein geringes Selbstwertgefühl verfügte. Er hoffte, dass es Bescheidenheit war, denn sie konnte viele Dinge sehr gut.

Sie ließen sich auf der Decke nieder. Sein Knie berührte ihr Knie und er mochte den Kontakt, obwohl er sich nicht zu sehr mit dieser Regung auseinandersetzen wollte. Aber sein Knie wegziehen würde er deswegen auch nicht. Sie beobachteten das unter ihnen liegende Land, Felder mit texanischen Wiesenlupinen, Kakteen und sich im Wind wiegendes Grasland. Von hier oben hatte man den Eindruck, das alles wäre unsagbar fern.

Sie lächelte ihn an und strich sich die Haare aus dem Gesicht, die der Wind dorthin geweht hatte. „Danke, dass du mich hierher mitgenommen hast. Es bringt großartige Erinnerungen zurück."

„Gern. Ich wollte mit dir über etwas reden. Es geht um den Wohltätigkeitsball. Caroline hat mir gesagt, dass sie es dir gegenüber erwähnt hat. Ich selbst hatte es nicht angesprochen, weil ich nicht wirklich geplant hatte zu gehen."

„Magst du das nicht?"

„Ich bin nicht der Typ, der sich allzu gern herausputzt, wie dir wahrscheinlich schon aufgefallen ist. Manchmal plane ich es so, dass ich an diesen Tagen fliegen muss – du weißt schon, wenn ich arbeiten muss, kann ich nicht einfach absagen."

„Du hast es absichtlich getan, um nicht hingehen zu müssen?"

„Das stimmt. Aber dieses Jahr habe ich nichts gebucht. Es schadet nicht, wenn ich mich ab und zu mal sehen lasse. Es ist von Vorteil für den Namen McCoy und die Marke McCoy. Manchmal reicht eine Spende nicht aus, ich muss mich von Zeit zu Zeit sehen lassen. Außerdem möchte ich dich dieses Mal mitnehmen. Ich denke, es würde dir Spaß machen. Der Ball wird toll. Er wird auf einer Ranch in der Nähe von Austin stattfinden und nicht in einem Hotelsaal. Er wird von einem Spender veranstaltet, der es liebt, ein solches Event auszurichten. Es wird ein großes Zelt geben, eine großartige Band und Abendessen und Tanz. Es wird trotzdem schick sein, versteh mich nicht falsch, aber es wird dir gefallen. Ich habe Caroline gesagt, sie kann dich mit der Limousine abholen kommen. Du kannst etwas Verwöhnung gebrauchen und einen Tag im Spa. Und mit Caroline und den anderen Mädels einkaufen zu gehen wird dir Spaß machen."

Sie hatte ihr Sandwich beiseitegelegt und biss sich nun auf die Lippe und sein Blick wanderte sofort zu ihrem hübschen pinkfarbenen Mund. Hastig wandte er den Blick wieder ab und verdrängte die Gedanken, die in ihm aufgestiegen waren. Zum Beispiel daran, wie gerne er jetzt nach ihr greifen und sie küssen würde. „Stimmt etwas nicht?"

„Ich möchte wirklich nicht dorthin. Das ist kein Ort für mich."

„Dieser Ort ist genauso für dich wie für jeden anderen auch." Ihre Augen trübten sich und ihr Blick wurde unstet, er spürte ihre Unsicherheit „Was stört dich wirklich?"

„Das ist es, was mich stört. Ich gehöre nicht dorthin. Ich werde nur noch zwei Monate lang eine McCoy sein und dann bin ich das nicht mehr, also ist das kein Ort für mich. Ich habe keine ausgefallenen Klamotten. Ich trage kaum High Heels. Das bin einfach nicht ich. Es besteht keinerlei Grund dafür, mich einer solchen Tortur auszusetzen und mich vor all die reichen Leute zu stellen, mit denen ich nichts gemeinsam habe. Worüber soll ich denn mit denen sprechen?"

Darum ging es also. Er wählte seine nächsten Worte mit Bedacht. „Mollie, du bist genauso gut wie jeder andere. Wahrscheinlich bist du einer der besten

Menschen, die ich je kennengelernt habe. Nur weil sie Geld haben und du nicht, heißt das nicht, dass sie besser sind als du. Es bedeutet sicherlich nicht, dass ich besser bin als du. Und ich kann dir versprechen, dass niemand aus meiner Familie denkt, er wäre besser als du."

Sie wandte den Blick ab und er hoffte, dass sie nicht weinen würde. Er wollte weitersprechen, weiter versuchen sie zu überzeugen, doch er wartete.

Sie sah ihn an. „Vielleicht ist das keine gute Idee."

Er konnte nicht anders, er streckte die Hand aus und strich ihr die Haarsträhnen aus dem Gesicht, die der Wind unablässig über ihre Wangen peitschte. Mit einem Mal war es unerlässlich, dass sie mit ihm zu dem Ball ging. „Komm mit. Bitte. Ich werde die ganze Zeit an deiner Seite sein. Wir werden miteinander tanzen – denk dran, wir tanzen gerne miteinander. Meine Familie wird da sein. Du wirst jemanden zum Reden haben und niemand wird denken, dass er besser ist als du. Geh mit Caroline einkaufen. Meine Schwester weiß, wie man shoppt und du wirst deinen Spaß haben, während sie dich verwöhnen und dich mit einem schönen Kleid ausstatten. Du wirst dich wie eine Prinzessin fühlen und genauso sollst du dich auch fühlen. Du verdienst es. Ignoriere die Tatsache, dass wir in zwei Monaten nicht mehr verheiratet sein werden. Es wird dir Spaß machen, etwas sein, an das du dich erinnern kannst."

Nur noch zwei Monate und dann würde er fortgehen, genau wie sie es vereinbart hatten. Sein Magen fühlte sich hohl an. Sein Herz auch.

Sie sah zu ihm auf, ihre Augen waren wie große blaue Teiche, in denen er sich leicht verlieren konnte. Ja, es hatte ihn ganz schön erwischt und er musste diesbezüglich dringend in sich gehen. Wie Jesse gesagt hatte, mochte er sie sehr, aber es ging darum, dass sie ihr Leben fortsetzten und er den Weg freimachte, damit sie die Liebe ihres Lebens finden konnte. Ihren Seelenverwandten.

Sie verdiente es, eines Tages jemanden zu finden, der all das war, wovon sie jemals geträumt hatte oder was sie sich von einem Mann nur wünschen konnte. Jemanden, der sie sehr lieben würde.

Er war nicht bereit für eine solche Verpflichtung – war sich nicht einmal sicher, wann er es sein würde oder ob überhaupt. Also brauchte er auch nicht darüber nachdenken, dass er nicht bereit war, sie gehen zu lassen. Er würde sie gehen lassen. Aber dieser Abend unter dem Sternenhimmel wäre eine großartige Erinnerung.

„Sag Ja." Es kam beinahe als Befehl heraus, so sehr wünschte er sich eine positive Antwort.

Sie atmete langsam ein. Ihre Brust hob und senkte sich, als sie den Atem ausstieß. Dann nickte sie. „Okay, ich werde hingehen. Aber du solltest besser in meiner Nähe bleiben, denn wenn ich auf meinen High Heels falle, musst du mich auffangen."

Er lächelte und ließ seine Hand über ihren Kiefer gleiten, seinen Daumen über ihr Kinn streichen. „Das werde ich tun. Ich werde an deiner Seite sein. Solange ich da bin, werde ich dich nicht fallen lassen."

Sie hielten den Blickkontakt und dann nickte sie. „Dann haben wir wohl eine Verabredung."

KAPITEL FÜNFZEHN

Der Spa-Tag war unglaublich. Mollie befand, dass sie froh war, von Beck dazu überredet worden zu sein, sich den anderen Mädels anzuschließen. Vielleicht würde sie nie wieder einen Tag im Spa verbringen, doch solange sie zu den McCoys gehörte, war das Teil des Vergnügens. Als die Limousine sie früh am nächsten Morgen abholte, blickten ihr lauter lächelnde McCoy-Frauen daraus entgegen. Sie begrüßten sie aufgeregt und dann begannen sie alle darüber zu reden, wie sie es mit Ausnahme von Caroline nicht gewohnt gewesen waren, sich etwas derartiges zu gönnen, sie es inzwischen aber liebten und die Zeit genossen, die sie miteinander verbrachten.

Holly lehnte sich in ihrem Sitz zurück. „Ich brauche das. Meine Kinder schlafen nicht genug und obwohl Tess schon fast sieben Jahre alt ist, hält mich das Baby meist die ganze Nacht über wach. Und tagsüber ist Tess ziemlich aufgedreht, sodass das Leben recht hektisch ist. Armer Ash. Seine Tierarztpraxis hält ihn auf Trapp; er versucht, mir zu helfen, doch seine Nächte sind auch nicht einfach, er wird häufig nachts angerufen und muss nach krankem Vieh sehen. Da wird das heute einfach himmlisch sein. Ash meinte schon, er würde mich jetzt häufiger zu solchen Ausflügen schicken, denn er wolle nicht, dass ich mich zu ausgelaugt fühle. Ich glaube, er möchte jemanden einstellen, der ein paar Tage die Woche kommt, um mir zu helfen. Ist er nicht süß? Ich weiß nicht recht, ob ich genug Kontrolle abgeben kann, um das zu tun. Aber es ist ein schöner Gedanke. Er ist wahrscheinlich der liebste Mann, den ich je getroffen habe." Ihre Augen nahmen einen verträumten Ausdruck an und sie sah ganz wie die verliebte Frau aus, die sie war.

Amber lächelte. „So ähnlich geht es mir auch. Ich bin nie gereist, habe mir so etwas nie gegönnt, aber jetzt, wo ich immer mit Morgan in diese wunderschönen Resorts reise, muss ich zugeben, dass ich oft in den Genuss von Wellness-Behandlungen komme. Ich meine, wir sind nun einmal dort und er sagt dann für gewöhnlich, dass es Teil des Ganzen ist und so genieße ich die Vorteile, die es mit sich bringt, eine McCoy-Braut zu sein. Ich liebe diesen Mann so sehr. Ich werde alle Vorteile nutzen, die das mit sich bringt."

Ginny schlug sich aufs Bein und zog die allgemeine Aufmerksamkeit auf sich. Sie grinste Mollie an. „Und ich habe ständig auf meinem Weingut mit meinen Händen in der Erde herumgewühlt, als ich heranwuchs und es nie für möglich gehalten, dass ich eine Massage tatsächlich genießen könnte. Doch dann lernte ich Todd kennen und Caroline, die mich zu diesen Beauty-Trips verleitet hat. Ich wühle immer noch mit den Händen in der Erde herum, denn ich liebe meine Weinberge einfach, aber inzwischen weiß ich es zu schätzen, wie gut es sich anfühlt, wenn einem die Knoten aus den Schultern geknetet werden. Und ich bin ziemlich angetan von diesen Gurkenmasken. Meine Haut fühlt sich danach immer himmlisch an. Also Mollie, denk an meine Worte, Mollie, du wirst es lieben. Es könnte dir sogar so gut gefallen, dass du dir eine gemeinsame Zukunft mit Beck vorstellen kannst."

Caroline tätschelte ihr Knie. „Schau nicht so panisch drein. Wir wissen alle, dass du nicht wegen dem mit Beck zusammenbleiben wirst, was er dir bieten kann. Eins kann ich dir sagen, keines dieser Mädchen hat einen meiner Brüder oder Cousins wegen dessen Geld geheiratet. Großvater hat diese seltsamen Bedingungen gestellt, aber der gute Herr hat uns alle mit dem perfekten Partner zusammengeführt. Ich weiß, dass das Geld einschüchternd sein kann. Mein Jesse hätte beinahe zugelassen, dass es uns in die Quere kommt. Zum Glück hat sich alles gefunden. Ich sehe die Panik in deinen Augen – entspann dich. Denk einfach daran, wenn ihr füreinander bestimmt seid, dann öffne ihm dein Herz und gib ihm eine Chance, okay? Verschließ es ihm nicht. Jetzt lasst uns den Tag genießen. Ich verspreche euch, wir werden viel Spaß haben."

Sie war ein wenig überrascht in Anbetracht all dessen, was sie gesagt hatten. Sie dachte an Jesse und die Tatsache, dass das Geld fast zwischen ihm und Caroline gestanden hätte. Als die Masseuse später ihre Muskeln knetete, bis sie sich fühlte, als ob sie keinen einzigen Knochen mehr im Leib hätte und all die Anspannung von ihr wich, da hatte sie genügend Zeit, um über ihre Beziehung zu Beck nachzudenken. Sie wusste, dass sie sich in ihn verlieben konnte oder bereits drauf und dran war, das zu tun; vielleicht hatte sie sich sogar schon in ihn verliebt, wollte sich das sich selbst gegenüber aber nicht eingestehen. Das war einer der Fallstricke dieses märchenhaften Abends, der vor ihnen lag. Womöglich würde ihr Herz ihn dann noch mehr begehren.

Diese Vorstellung war besorgniserregend, doch als

sie später beim Shoppen in einem wunderschönen ozeanblauen Kleid, das sich an ihre Schultern schmiegte und um ihre Knöchel herumwirbelte, vor dem Spiegel stand, da musste sie die Tränen zurückblinzeln. Das Kleid war schöner als alles, was sie jemals gesehen hatte und es ließ sie richtig… elegant aussehen. Oh, sie wusste, dass, sobald die Uhr mit Ablauf ihres Ehevertrags Mitternacht schlug, das schöne Märchen vorüber wäre und sie sich dort wiederfinden würde, wo sie zuvor gewesen war. Nein, sie würde es besser haben als zuvor, denn Beck sorgte dafür, dass ihr Anwesen schön war und für ihren Lebensunterhalt sorgen würde. Aber in Bezug auf sie und Beck wäre alles vorbei.

Doch als sie sich nun im Spiegel betrachtete, da zog sich ihr Herz hoffnungsvoll zusammen, dass zumindest an diesem einen Abend, dort unter den Sternen, ihr Traum Wirklichkeit werden würde. Sie würde sich so verhalten und wenn Beck das auch täte, wäre sie dankbar dafür. Sie passte nicht in sein Leben, das wusste sie. Aber vielleicht könnte sie zumindest für diesen einen Abend so tun, als täte sie es.

* * *

Sally, der Esel, wurde geliefert, während Mollie im

Spa war. Beck war den ganzen Tag über geflogen; er hatte nach Washington State fliegen müssen und so war es ein langer Tag gewesen, als er endlich nach Hause kam. Er hatte Caroline eine Nachricht geschickt und gefragt, ob Mollie sich amüsiere und Caroline hatte ihn wissen lassen, dass sie entspannt war und eine tolle Zeit hatte.

Das gab ihm ein gutes Gefühl, denn er machte sich Sorgen um sie. Sie war etwas Besonderes und er wollte, dass sie sich auch so fühlte. Und er wusste, dass seine Schwester genau dafür sorgen würde.

Er entdeckte Sally und ging auf den Zaun zu, um nach dem Esel zu sehen. Dieser sah ihn an und seine Augen schienen zu sagen, dass er ihm bloß fernbleiben solle. Also streckte er seine Hand nicht aus. Er wollte es nicht riskieren, gebissen zu werden und fragte sich, ob es ein Fehler gewesen war, das Tier mit den wilden Augen zu kaufen. War es ein Fehler gewesen, diesen Esel für Mollie zu kaufen? Vielleicht war es ein Glücksfall gewesen, dass der Esel sich von Mollie hatte streicheln lassen, eine einmalige Gelegenheit, etwas, das nie wieder vorkommen würde. Vielleicht mochte Sally es nicht, sich plötzlich an einem anderen Ort wiederzufinden. Besorgt grübelte er noch deswegen, als die Limousine die Auffahrt hinauffuhr.

Caroline winkte ihm durch ein Fenster hindurch

zu. „Hallo Bruder. Ich bringe dir deine Frau zurück. Die anderen haben wir bereits abgesetzt. Ich werde nicht bleiben, wollte dir nur sagen, dass wir dieses Mädel lieben. Wir hatten eine fantastische Zeit. Wie auch immer, komm her und hilf ihr, all die Tüten hervorzuholen, mit denen wir sie überhäuft haben."

Er lachte, als er über die Auffahrt zum Fahrer der Limousine schritt, der bereits ausgestiegen war und den Kofferraum geöffnet hatte. „Sie werden ganz schön viele Tüten hineintragen müssen, Sir. Wollen Sie, dass ich Ihnen helfe?"

Beck grinste. „Danke, aber das schaffe ich schon." Der Kofferraum war voller Tüten. Mollie kam zu ihm und stellte sich neben ihn. Sie war in Jeans und einem karierten Hemd aufgebrochen, Klamotten, in denen er sie schon häufig gesehen hatte. Und Stiefeln. Jetzt trug sie eine neue Jeans, die an den Knöcheln aufgerollt war und eine weiche, blassrosa Bluse, die zu ihrer inzwischen leicht gebräunten, aber im Moment etwas geröteten Haut passte. Die Farbe der Bluse passte gut zu ihren hübschen blonden Haaren und den funkelnden blauen Augen. Er bewunderte ihren Anblick. Sein erster Impuls war es, sich zu ihr hinab zu beugen und sie zu küssen. Er wehrte sich gegen diese Eingebung und griff nach den Taschen.

„Du siehst hübsch aus."

„Danke. Ich hoffe, es macht dir nichts aus. Es ist eine Menge. Caroline hat mich dazu gebracht. Sie wollte kein Nein akzeptieren."

Er gluckste und nahm sich vor, Caroline später zu umarmen, weil sie genau das getan hatte, was er sich gewünscht hatte. „Das ist schon okay. Ich habe ihr gesagt, dass sie das tun soll. Ich habe ihr gesagt, dass sie sicherstellen soll, dass du mit all dem nach Hause kommst, was dein Herz begehrt. Ich wollte, dass du dir mal was gönnst. Caroline hatte die Idee, aber ich wollte das tun."

„Nun, das denkst du vielleicht nicht mehr, wenn du deine Kreditkartenabrechnung siehst. Ich habe versucht, nicht auf die Preise zu achten, weil mir von Zeit zu Zeit von ihnen etwas flau in der Magengrube wurde."

Er konnte nicht anders; er schlang einen Arm um sie, zog sie an sich und küsste sie auf die Stirn. „Mollie, du bist die netteste Person, die ich kenne und ich kann es direkt vor mir sehen, wie dir davon schlecht wurde. Aber glaub mir, das ist in Ordnung. Wenn ich das Geld nicht für jemanden ausgeben kann, für den ich es ausgeben möchte, welchen Sinn hat es dann, es zu haben."

Sie sah zu ihm auf und er wollte sie erneut küssen. *Es hatte ihn ganz schön erwischt.*

„Nun, danke. Ich werde dir helfen, alles hineinzutragen, damit dieser nette Mann, der uns den ganzen Tag so freundlich herumgefahren hat, zu seiner Familie zurückkehren kann. Danke, Sam."

„Es war mir eine Freude."

„Danke auch von mir." Beck gab ihm ein Trinkgeld und dann luden sie die Taschen aus. Kurz darauf winkte ihnen Caroline aus dem Fond der Limousine zu, als diese die Auffahrt hinunterfuhr und ihn und Mollie und einen Berg Tüten und Taschen zurückließ.

Er betrachtete die Taschen, als die Limousine verschwunden war. Einer der Einkäufe steckte nicht in einer Tüte, sondern einer Schachtel. Sie erklärte, dass sich darin ihr Kleid befand. Sie hielt eine andere Tasche hoch, auf der ein seltsam klingender Namen stand, der mit einem L begann.

„Meine High Heels. Diese Schuhe haben lächerlich viel Geld gekostet. Caroline meinte, dass sie zwar unbequem aussähen, ich aber die ganze Nacht in ihnen tanzen könnte. Und dass meine Beine toll in ihnen aussehen würden." Sie lachte. „Ich bin froh, dass sie für irgendetwas gut sind, denn ich bekomme schon Schüttelfrost, wenn ich nur die Tasche halte."

„Ich finde, deine Beine sehen auch so schon toll

aus, aber ich bin gespannt darauf, wie sie ihn den Schuhen aussehen."

Plötzlich zerriss ein lautes Iah die Luft.

Mollie wirbelte zum Gehege herum. „Sally!" Sie stellte die Tasche wieder auf den Boden und lief hinüber, um den wartenden Esel zu streicheln.

Das Tier benahm sich wie ein Welpe, als es mit Mollie kuschelte. Das Tier, das ihn zuvor begrüßt – oder ihn *nicht* begrüßt – hatte, war nicht wiederzuerkennen.

So etwas hatte er noch nie gesehen. Der Blick, den der Esel ihm zugeworfen hatte, war verschwunden; an seine Stelle waren die bewundernden Augen Sallys getreten, mit denen diese Mollie musterte. Mollie streckte die Hand aus und der Esel legte seinen Kopf in ihre Handfläche.

„Sie ist wunderschön, nicht wahr? Wir werden die Babykälber hier in der Nähe unterbringen, denn ich möchte dieses hübsche kleine Ding jeden Tag sehen können und will nicht, dass sie dort draußen einsam ist. Wenn ich hinausgehen und sie streicheln will, dann möchte ich, dass sie zum Zaun kommen kann und alle Streicheleinheiten bekommt, nach denen ihr der Sinn steht. Dieser kleine Esel ist wie ein Welpe, sie ist so liebevoll."

Er schnaubte. „Wenn du den Blick gesehen hättest, den sie mir vor ein paar Minuten zugeworfen hat, dann würdest du das jetzt vielleicht nicht sagen. Ich begann mich schon zu fragen, ob wir einen Fehler gemacht haben."

Mollie grinste ihn an. „Wir haben keinen Fehler gemacht. Sally ist jetzt ein Teil meiner Familie. Und wenn du fort bist, dann werden sie und meine Babyziegen mir Gesellschaft leisten."

Diese Aussage gefiel ihm gar nicht. Er war nicht länger begeistert von der Aussicht, sie hier draußen alleine zu lassen. Sein Beschützerinstinkt war inzwischen so stark, dass er wusste, dass er sich den ganzen Tag um sie sorgen würde, wenn er wüsste, dass sie ganz allein hier draußen war. Allein mit ihren Tieren.

* * *

Den Tag der Wohltätigkeitsveranstaltung verbrachte Mollie wie auf glühenden Kohlen. Beck stand in der Küche und wartete darauf, dass sie aus ihrem Zimmer kam. Sie war befangen und sich nicht sicher, wie er reagieren würde, wenn er das Kleid sah. Es war so schön; sie liebte es, auch wenn sie sich bei dem Gedanken daran, ein solches Kleid zu mögen, ein wenig verwöhnt vorkam. Ihr war etwas unbehaglich zu Mute, sie war nicht an solche Kleider gewöhnt, doch es brachte sie zum Lächeln. Als sie in die Küche kam, ließ er das Glas Wasser, das er gerade zum Mund geführt hatte, sinken. Er stellte es zurück auf die Arbeitsplatte. Sein Gesichtsausdruck verriet größte Anerkennung und sie spürte, wie sie ein gewaltiger Schub weiblichen Triumphgefühls durchströmte, wie sie es nie zuvor erlebt hatte. *Er mochte ihr Kleid auch.*

„Mollie, du siehst wunderschön aus."

Sie lächelte. Was für ein wunderbarer Moment war es, als sie das Funkeln in seinen Augen bemerkte. „Danke. Ich mag es wirklich sehr. Ich war mir nicht sicher, ob du es auch mögen würdest oder nicht."

Er ging auf sie zu. „Wow! Was sollte ich daran nicht mögen? Diese Farbe lässt deine schönen Augen noch lebendiger aussehen und dein hübsches Haar funkelt nur so. Und das Kleid passt dir, als wäre es dir auf den Leib geschneidert. Du siehst atemberaubend aus. Das bist du immer. Dieses Kleid steht dir einfach… es macht dich zu einer Offenbarung."

Sie versuchte, sich von seinen wunderbaren Worten nicht zu sehr verunsichern zu lassen. Sie hatte sich selbst in Bezug auf mehrere Dinge ermahnt. Und obwohl sie sich an diesem Abend eine wundervolle Zeit gönnen und sich nicht allzu viele Sorgen machen wollte, durfte sie doch auch nicht zu weit in das Kaninchenloch hineinfallen. Das würde nur bedeuten, dass es furchtbar schwer sein würde, wieder daraus hervorzuklettern.

„Es freut mich, dass es dir gefällt. Du siehst auch umwerfend aus. Aber ich wusste, dass du das tun würdest. Und wie du gesagt hast, ich mag dich auch in Jeans, T-Shirt und Cowboyhut. Und deinen Stiefeln."

Er hielt ein Bein hoch. Er trug ein Paar schwarze Stiefel. Sie waren elegant; Mollie wusste nicht, woraus sie gemacht waren, aber sie waren hübsch. „Ich trage immer noch Stiefel, nur nicht meine Arbeitsstiefel."

„Das gefällt mir. Ich habe mich entschieden, heute Abend keine Stiefel zu tragen." Sie hob ihren Rock an und zeigte ihm ihr Bein und das Paar glitzernder, extrem teurer Schuhe, die sie trug. „Ich habe heute Abend Cinderellaschuhe an. Denn ich fühle mich an diesem Abend wie Cinderella."

„Und ich fühle mich wie dein Prinz. Sollen wir gehen? Wir treffen die Familie am Flugplatz."

„Ich bin soweit, wenn du es bist."

Er streckte seinen Arm aus und sie schlang ihren um seinen. Sie schob sich die schöne Handtasche, die sie ebenfalls gekauft hatte, über die Schulter und gemeinsam verließen sie das Haus. Er half ihr in seinen Truck. Es fiel ihr schwer, hineinzuklettern, daher zog er sie zu ihrer Überraschung in seine Arme und setzte sie auf ihren Sitz.

„Einfacher so. Außerdem komme ich so in den Genuss deiner Nähe."

Sie lächelte und er grinste. Dann schloss er die Tür und ging um den Truck herum. Sie trafen die Familie vor dem Flugzeug. Alle Frauen boten einen wunderschönen Anblick. Sie umarmten sie und redeten durcheinander. Sie war glücklich und die anderen sorgten dafür, dass sie sich wohlfühlte. Beck würde sie fliegen, doch sie fand, dass er so aussah, als würde ihn etwas beschäftigen.

Sie stand neben Blaze, als Beck sich an die Treppe des Flugzeugs stellte.

„Zeit zum Einsteigen", sagte er, als eine Limousine die Straße entlang auf sie zufuhr und anhielt. Alle beobachteten, wie der Fahrer ausstieg. Ein älterer Mann.

Blaze beugte sich vor. „Das ist mein Vater. Ich muss euch miteinander bekanntmachen, aber jetzt wirst du erst einmal Großvater Talbert vorgestellt. Falls du dich gefragt hast, warum Beck so nervös aussieht, das ist der Grund. Sie haben sich nicht mehr gesehen, seit all das seinen Lauf genommen hat."

Sie sah Blaze an. „Danke, dass du es mir gesagt hast. Ich habe mich schon gefragt, warum er so aussieht."

Der ältere Mann, der aus der Limousine stieg, sah gut aus für sein Alter, das sie auf Ende Siebzig, Anfang Achtzig schätzte. Er sah genauso aus, wie sie sich einen reichen, älteren Mann vorstellte, der sein Geld mit Öl gemacht hatte mit seinen weißen Haaren, dem Westernanzug und den eleganten Stiefeln. Er schritt über den Parkplatz zu ihnen und alle begrüßten ihn.

Er ging auf Beck zu. „Hallo Enkel. Es ist schön, dich wiederzusehen. Es ist schon eine Weile her. Und das muss deine Mollie sein." Er sah sie an und lächelte.

Mollie hatte nicht recht gewusst, wie sie sich einen Mann vorstellen sollte, der seine Enkelkinder zum Heiraten gezwungen hatte. Aber sie mochte ihn augenblicklich. In seinen Augen entdeckte sie bestechende Freundlichkeit und Schalk. Aber vielleicht war sie auch nur ein Dummkopf und konnte den Charakter von Menschen gar nicht auf den ersten Blick erkennen.

„Das ist Mollie", sagte Beck steif, doch er schenkte ihr ein kleines Lächeln.

„Ich bin Becks Großvater, Talbert McCoy, und es ist mir eine Freude, dich kennenzulernen." Er streckte seine Hand aus und sie legte ihre hinein. Er bedeckte ihre Hand mit seiner zweiten Hand und hielt sie fest.

„Es ist sehr schön, Sie kennenzulernen, Sir. Beck hat mir ein bisschen was über Sie erzählt, aber es ist wirklich schön, Sie kennenzulernen." Sie plapperte, hielt aber inne, als ihr klar wurde, was sie gesagt hatte.

Er lachte. „Nun ja, ich bin sicher, du hast verschiedene Dinge von ihm über mich gehört, es freut mich also, dass du mich trotzdem magst."

Sie vernahm ein Kichern und war erleichtert, dass sie es nicht völlig vermasselt hatte. Sie wollte, dass Beck und sein Großvater ihre Differenzen überwanden. „Das tue ich."

„Ein Mann in meiner Position ist es gewohnt, alles Mögliche über sich selbst zu hören. Aber das Einzige, was du wissen musst, junge Dame, ist, dass ich meine Familie über alles liebe. Und ich will nur das Beste für sie. Ich werde tun, was immer ich tun muss, um sicherzustellen, dass alle glücklich sind. Und ich muss sagen, dass du meinen Tag immens aufgehellt hast. Ich bin froh, dich in der Familie zu haben. Ich freue mich darauf, dich heute Abend ein bisschen besser kennenzulernen."

„Ja. Darauf freue ich mich auch."

„Gut." Er ließ ihre Hand los.

„Zeit zum Aufbruch", sagte Beck, der nicht gerade glücklich aussah. „Ich möchte uns pünktlich dorthin bringen."

Mit diesen Worten ging er als Erster die Stufen hinauf. Dann blieb er stehen, drehte sich um und streckte ihr seine Hand entgegen. „Lass mich dir die Treppe hoch helfen, Mollie. Ich möchte nicht, dass du in diesen Schuhen stolperst."

Sie griff nach seiner Hand – froh, wie sie zugeben musste, dass er ihr helfen würde und froh darüber, nicht länger im Mittelpunkt der Aufmerksamkeit zu stehen.

Innerhalb weniger Minuten hatten alle Platz genommen. Sie saß am Fenster und Caroline setzte sich auf den Sitz neben sie, was sie erleichtert zur Kenntnis nahm. Sie hatte befürchtet, dass Großvater Talbert sich neben sie setzen würde. Bis das Flugzeug in Austin gelandet wäre, wäre sie völlig aufgelöst gewesen.

Stattdessen saß er auf dem Sitz auf der anderen Seite des Ganges und es war ein Leichtes für ihn, sich zu ihr herumzudrehen und mit ihr zu sprechen. Zum Glück beschränkte sich das Gespräch in Anwesenheit all der anderen nie völlig auf sie, bis er sie fragte, wie es auf der Farm lief.

In diesem Moment fiel ihr auf, dass er sich offenbar darüber auf dem Laufenden hielt, was auf ihrer Ranch vor sich ging.

„Nun, die Pfirsichbäume machen sich prächtig. Mein Garten gedeiht ebenfalls. Vor ein paar Tagen wurde mein Esel Sally geliefert. Es geht ihr sehr gut, aber ich habe so meine Probleme damit, sie dazu zu bringen, bei den Kälbern zu bleiben. Sie ist erst zwei Tage dort und soll nachts bei ihnen bleiben, aber sie hält sich die ganze Zeit in der Nähe des Zauns auf und wartet darauf, dass ich sie streichle. Aber wir werden uns schon etwas einfallen lassen. Sie ist wirklich zum Todlachen."

Alle lachten, auch Großvater Talbert.

„Ich erinnere mich, als ich und J.D. noch Jungen waren, da hatten wir auch einen Esel. Wir liebten diesen Esel und er folgte uns überall hin. Der hatte es auch faustdick hinter den Ohren. Aber wir haben ihn geliebt. Ab und zu haben wir versucht, ihn zu reiten, aber er hat uns immer abgeworfen. Es war urkomisch und hat J.D. furchtbar aufgeregt. J.D. dachte, er könne alles reiten, aber dieser Esel wollte nicht geritten werden und das entwickelte sich zu einer andauernden

Fehde zwischen den beiden. Ich hoffe, deine Sally ist ein bisschen zahmer."

„Nun, sie mag Beck nicht so sehr. Er hat mir erzählt, dass er zunächst dachte, wir hätten einen Fehler gemacht, denn bisher hat sie sich nur mir gegenüber aufgeschlossen gezeigt. Nicht, dass da noch irgendjemand wäre auf der Farm außer Beck und mir, der hätte ausprobieren können, ob sie ihn mag. Aber mich mag sie sehr."

Caroline grinste. „Mollie, das liegt daran, dass du einfach so unwahrscheinlich lieb bist. Und ich denke, dass Beck recht hat, denn er hat mir gesagt, dass Rufus meinte, du könntest gut mit Tieren umgehen, also wird es wohl stimmen."

„Ich glaube, sie wissen einfach, dass ich sie anhimmle."

Großvater Talbert lächelte sie an und nickte. „Sie spüren das."

Nach einem kurzen Flug landete das Flugzeug und als sie ausstiegen, standen bereits wartende Limousinen für sie bereit. Beck saß neben ihr, als sie vom privaten Flugplatz der Ranch zum Ort der Veranstaltung gebracht wurden. In der Nähe eines Sees war ein riesiges Zelt aufgebaut worden. Es war ein wunderschöner Ort und überall hingen Lichter. Sie hatte ihren Arm in Becks gelegt, als die ganze Familie hineinging. Die Leute drehten sich um, um sie willkommen zu heißen.

Beck legte seine Hand auf ihre. „Entspann dich. Wir werden eine wundervolle Zeit haben."

Sie sah ihm in die Augen und wusste, dass an diesem Abend alles wie im Märchen sein würde.

KAPITEL SECHZEHN

Sie tanzten miteinander und Mollie genoss es über alle Maßen, sich erneut in Becks Armen zu befinden. Mit Beck zu tanzen kam ihr wie ein Märchen vor. Es war genauso, wie sie es sich erhofft hatte. Seine Familie hatte dafür gesorgt, dass sie sich aufgenommen fühlte, doch selbst, wenn sie das nicht getan hätte, hätte Beck mit seinem Auftreten als perfekter Gentleman dafür gesorgt, dass sie das tat: er war beständig an ihrer Seite, er tanzte mit ihr, er besorgte ihr etwas zu trinken und brachte sie auf die Veranda, die außerhalb des großen weißen Zeltes errichtet worden war, sodass sie nicht länger von den Lichtern im Inneren des Zeltes, sondern vom Licht des Mondes beschienen wurden. Sie fragte sich, wie es möglich war, dass der Mond gerade in dieser Nacht so spektakulär leuchtete als wäre er speziell für dieses Event bestellt worden.

Beck hielt ihre Hand und sie kämpfte erneut gegen die Schmetterlinge an, die ihr schon so vertraut geworden waren. Als er sie ansah, hatte sie beinahe das Gefühl, dass sie ihm tatsächlich wichtig war – dass er nicht nur freundlich war, sondern sie ihm aufrichtig am Herzen lag. Sie wusste, dass er ihr wichtig war; sie wusste, dass sie sich in Beck verliebt hatte, es ließ sich nicht leugnen. Sie mochte seine Freundlichkeit und seine Bodenständigkeit. Und sie nahm Anteil an dem Disput mit seinem Großvater. Sie liebte es, wie er sie beschützte.

Ja, sie musste sich immer wieder ins Gedächtnis rufen, dass das alles nicht echt war, dass sie nicht verheiratet bleiben würden. Doch das änderte nichts daran, dass sie ihn liebte. Sie würde ihn immer lieben, auch wenn dieses Märchen zu Ende gegangen war. Beck McCoy war ein großzügiger Mann. Die Situation mit seinem Großvater war schwierig für ihn. Und doch war sie seinem Großvater dankbar für das, was er getan hatte, denn es hatte ihr ermöglicht, am Leben dieses erstaunlichen Mannes teilzuhaben. Sie betete darum, dass es ihr irgendwie gelingen würde, ihm wenigstens einen kleinen Teil dessen zurückzugeben, was er für sie getan hatte. Ihr war klar, dass sie es nicht zulassen konnte, dass zwischen ihm und seinem Großvater weiterhin Funkstille herrschte.

Zu ihrer Überraschung legte Beck seine Arme um sie. Er verschränkte sie leicht hinter ihr und ließ sie auf dem unteren Teil ihres Rückens ruhen. Sie hob die Arme und schlang sie um seinen Hals, denn warum sollte sie sich die Gelegenheit entgehen lassen, ihre Arme um Beck McCoy zu legen?

„Hast du Spaß?"

„Habe ich. Wie steht es bei dir?"

„Mehr als je zuvor. Du bist ein Hit – das weißt du doch, oder? Jeder mag dich."

Sie hatte mit vielen Menschen gesprochen und war so vielen Leuten vorgestellt worden, dass sie sich nie im Leben an Namen würde erinnern können. Aber das war auch nicht wirklich wichtig, denn sie würde keinem dieser Menschen nach diesem Event noch einmal begegnen. „Das ist schön. Ich habe versucht, meine Manieren hervorzukramen und… du weißt schon, nicht ganz das Landei zu sein."

Er lachte und warf leicht den Kopf zurück, dann schüttelte er ihn und sah sie an. „Du weißt, dass du in jeder Hinsicht perfekt bist, oder?"

Ihr Herz zog sich zusammen. Oh, sie wusste, dass sie nicht perfekt war, doch dass er so etwas sagte, verzückte sie. Sie biss sich auf die Lippe und wünschte sich, sie könnte ihn küssen. Wünschte sich, sie wäre wirklich sein und könnte ihn küssen, wenn sie Lust dazu verspürte. Aber sie war nicht sein und konnte ihn nicht einfach so küssen. Sie hatte das schon einmal getan und für sich beschlossen, dass der Einzige, der dies tun würde, Beck war.

Als hätte er ihre Gedanken gelesen, neigte er den Kopf und küsste sie leicht auf die Lippen. Oh, sie erwiderte seinen Kuss, kämpfte aber gegen das Bedürfnis und den Wunsch an, sich ganz dem Moment zu ergeben. Das war zu gefährlich. Stattdessen war sie dankbar für diesen Moment, in dem sie seine Lippen erneut auf ihren spürte. Sie würde all die Küsse in ihrem Gedächtnis aufheben und später an sie zurückdenken, wenn sie wieder allein war.

Er unterbrach den Kuss viel zu schnell. Sie standen im Schutz einer der Palmen am Rande der Terrasse und doch waren Menschen in ihrer Nähe. „Ich könnte mich daran gewöhnen, weißt du?"

„Ja." Seine Worte ließen Hoffnung in ihr keimen und waren gefährlich. Sie verließ sich besser nicht darauf, hoffte besser nicht auf etwas, dass aller Wahrscheinlichkeit nach niemals geschehen würde. „Beck, diese Sache zwischen dir und deinem Großvater… die, wegen der du so entschlossen zu sein scheinst, dich nicht mit ihm zu versöhnen… meinst du nicht, dass es gut wäre, wenn ihr das klären würdet? Ich meine, das zwischen dir und mir ist nicht schrecklich. Du hast mir geholfen und wie du von Anfang an gesagt hast, warst du ein Segen für mich. Ich werde mich niemals für das revanchieren können, was du für mich tust. Ich dachte nur, dass dein Großvater nichts wirklich Schreckliches getan hat. Kannst du dich nicht mit ihm versöhnen? Kannst du es nicht hinter dir lassen?"

Er verspannte sich, während sie sprach und sie wusste, dass sie wahrscheinlich besser nichts gesagt hätte.

„Mollie, das zwischen uns ist nicht schrecklich – es ist großartig. Viel, viel großartiger, als ich es erwartet hätte. Ich werde niemals Groll empfinden aufgrund der Tatsache, dass ich dich kennengelernt habe. Dass du so wundervoll in meinem Leben gewirkt hast. Aber da bleibt der Umstand, dass mein Großvater mich gezwungen hat, etwas zu tun, zu dem er mich nicht zwingen durfte."

Etwas in ihr zog sich mit aller Kraft zusammen. „Aber Beck. Er hat dich nicht wirklich gezwungen. Du hattest eine Wahl. Du hättest dich dafür entscheiden können, fortzugehen, noch einmal von vorn zu beginnen… alles hinter dir zu lassen. Ich weiß, es klingt schrecklich und ich hätte nicht den Segen erfahren, dich zu treffen oder meine Ranch retten zu können, aber wenn das zwischen dir und deinem

Großvater dich so unglücklich macht, dann hättest du vielleicht fortgehen sollen. Dein Großvater wird nur noch eine gewisse Anzahl Jahre hier sein und dann wird er wie mein Großvater fort sein. Das ist es doch, was zählt. Das Leben währt nicht ewig und man muss die richtigen Entscheidungen treffen. Eines Tages wirst du vielleicht Dinge bereuen und feststellen, dass es sich nicht gelohnt hat, die Beziehung zu deinem Großvater aufs Spiel zu setzen."

Er löste die Umarmung und sie bereute es, dass sie das Thema angesprochen hatte. Doch das war egoistisch von ihr. Äußerst egoistisch. Trotzdem fuhr sie fort; sie hatte damit angefangen, dann konnte sie es genauso gut zu Ende bringen. „Dein Großvater... er liebt dich. Er ist ein Risiko eingegangen, als er die Entscheidung traf, zu versuchen, dich glücklich sehen zu wollen. Ich habe neulich im Spa mit den anderen Frauen gesprochen und versucht, zu verstehen, wie die Dinge liegen. Sie haben mir erzählt, dass dein Onkel J.D. und dein Großvater alles hatten, was man für Geld kaufen konnte, aber sie hatten auch die Liebe ihres Lebens gefunden.

Letzten Endes wussten sie, dass die Liebe ihrer Frauen das Wichtigste war, das war es, worauf es ankam. Sie waren gesegnet. Sie besaßen all das Geld – all das Öl, all die Unternehmen, all die Dinge, die die

Welt zu bieten hat – aber es war die Liebe ihrer Frauen, die sie am meisten schätzten. Er möchte lediglich, dass du glücklich bist. Caroline hat mir erzählt, dass es sie wütend gemacht hat, dass euer Großvater euch beide als letzte herausgefordert hat, weil er wusste, dass ihr beide am unnachgiebigsten sein würdet. Und du der sturste. Ich finde, du solltest dich mit ihm versöhnen. So, ich habe gesagt, was mir wichtig war, ich musste es einfach tun. Du bist mir wichtig, Beck. Du bist mir so wichtig und ich…" Beinahe hätte sie gesagt, dass sie ihn liebte, doch dann hatte sie es doch nicht gekonnt.

Er wollte nicht, dass sein Großvater seinen Willen bekam. Es zerriss ihr das Herz. Sie führte sich die ganze Wahrheit vor Augen. Sie und Beck hatten keine Zukunft, weil er am Ende fortgehen würde.

„Ich wünschte, du würdest dein Herz weit genug öffnen, um über das nachzudenken, was ich gesagt habe. Bevor du es bereust."

* * *

Beck stand am Rand der Tanzfläche und fühlte sich mies. Er beobachtete die Tanzenden, ohne sie zu sehen. Seine Gedanken waren bei Mollie. Das, was sie gesagt hatte, wirbelte ihm durch den Kopf. Sie hatte einige berechtigte Punkte genannt und doch konnte er es nicht auf sich beruhen lassen. Sein Großvater hatte eine Grenze überschritten und er war nicht der Typ Mann, der dies einfach so unter den Tisch fallen ließe, wie es seine Schwester und seine Brüder getan hatten. Und doch würde es das Schwierigste sein, was er jemals getan hatte, wenn er Mollie verließ. Aber er würde es tun. Er würde es tun, weil er gesagt hatte, dass er es tun würde.

Sie war auf die Toilette gegangen und sprach wahrscheinlich irgendwo mit seinen Schwägerinnen und seiner Schwester. Wahrscheinlich hatte sie es nach ihrer Auseinandersetzung auf der Terrasse nicht eilig, zu ihm zurückzukehren. Es war zum Besten so; sie kamen einander zu nahe und er durfte nicht zulassen, dass sie ihm noch vertrauter wurde. Er würde sich zurückziehen müssen.

„Ich mag sie."

Beim Klang der Stimme seines Großvaters versteifte sich Beck und als er den Kopf drehte, sah er, dass Talbert McCoy neben ihn getreten war.

„Ich mag sie auch. Es gibt nichts, was nicht liebenswert wäre. Mollie ist unglaublich. Sie ist gut. Sie ist liebenswürdig, süß und es ging ihr schlecht, also habe ich ihr geholfen."

„Ich bin froh, dass du das getan hast. Du hast ein

gutes Herz, Beck. Du hast gut gewählt."

„Ich habe sie nur ausgewählt, um ihr zu helfen."
Er warf seinem Großvater einen strengen Blick zu, der
ihm sagen sollte, dass Liebe keine Rolle gespielt hatte
und er besser keine diesbezüglichen Hoffnungen hegte.
Es war ihm egal, ob er Hoffnungen hegte oder nicht.

Sein Großvater musterte ihn – traurig, wie er fand.
Das war seltsam. Natürlich kehrten seine Gedanken
sofort zu dem zurück, was Mollie gesagt hatte. Dass
sein Großvater aus Liebe gehandelt hatte. Eine
komische Art, das zu zeigen, war alles, was Beck
denken konnte. „Willst du etwas sagen, Großvater?
Denn ich denke, dass diese Party vorbei ist und es an
der Zeit ist, nach Hause zurückzukehren."

„Ja, das stimmt. Beck, du warst schon immer sehr
eigensinnig. Ich werde das trotzdem sagen, auch wenn
ich weiß, dass du es wahrscheinlich ignorieren wirst.
Die ganze Zeit über hatte ich Angst, dass du derjenige
sein würdest, der nicht auf sein Herz hört. Dass du es
nur aus dem Grund nicht tun würdest, um es mir
heimzuzahlen. Deshalb habe ich so rücksichtslos sein
müssen, als es um dein Unternehmen ging. Mir war
klar, dass du nur so versuchen würdest, an etwas
anderes zu denken als daran, dein Geschäft weiter
aufzubauen."

Beck wollte gehen.

„Mein Sohn, wenn das zwischen dir und Mollie nicht das Richtige ist, dann ist das in Ordnung. Ich wollte nur, dass du siehst, dass es da draußen noch mehr gibt als nur die Arbeit. Ich freue mich sehr, dass du Mollie auf diese Weise geholfen hast. Ich habe euch im Auge behalten und denke, dass sie es guthaben wird, nachdem ihr euch getrennt habt. Ich dachte, ihr solltet vielleicht darüber nachdenken, dort draußen Wein anzubauen. Ein Weingut allein zu führen wäre womöglich mehr, als sie stemmen kann, wenn du wieder fort bist. Aber hast du in Betracht gezogen, dass sie Land an das McCoy Weingut verpachten könnte? Diese zusätzlichen Einnahmen würden einen schönen Puffer bedeuten. Sie besitzt gar nicht so wenig Land, es zu verpachten könnte ihr helfen, schlechtere Zeiten zu überstehen. Sie würden ihr einen guten Preis zahlen. Ich habe mit Todd und den anderen darüber gesprochen, und wir könnten noch etwas zuschießen, wenn das nötig wäre, aber ich bezweifle, dass das nötig werden wird. Ich denke, es wäre ein lohnendes Geschäft für sie. Nur so ein Gedanke. Auch wenn keine langfristige Ehe und Urenkel aus dieser Verbindung hervorgehen, wie ich es mir gewünscht habe, so möchte ich dir doch sagen, dass es eine gute Entscheidung war, ihr zu helfen. Sie ist ein guter Mensch. Es gefällt mir, dass wir McCoys in der Lage sind, anderen zu helfen."

Beck erkannte, dass die Idee seines Großvaters großartig war. Sein Gespräch mit Mollie ging ihm durch den Kopf. „Nun, ich bin alles andere als glücklich über das, wozu du mich gezwungen hast. Oder über das, wozu ich mich entschieden habe nach dem du versucht hast, mich dazu zu bringen." Es stimmte, was Mollie gesagt hatte; man hatte ihn nicht *gezwungen* – er hatte *beschlossen*, es zu tun, um ihr zu helfen. „Ich bin froh, wenn das alles zumindest dazu geführt hat, das Land zu sichern, das sich schon ihr ganzes Leben lang im Familienbesitz befand. Es kommt mir so vor, als käme das hier heutzutage immer häufiger vor – dass Land, das sich seit Generationen im Besitz einer Familie befindet, aufgeteilt wird. Es ist traurig und ich hasse es, deshalb muss ich sagen, dass es sich gelohnt hat." Bitte, er hatte zumindest das zugegeben.

Die Lippen seines Großvaters verzogen sich zu einem Lächeln. „Gut zu wissen. Das bringt mich auf den Gedanken, dass es dort draußen vielleicht noch andere Menschen gibt, denen ich helfen kann."

„Sag mir nicht, dass du darüber nachdenkst… nein, du willst doch sicher nicht anderen dabei helfen, ihr Land zu behalten, sondern dich stattdessen auch noch in das Leben von ihnen einmischen?"

Warum sah er auf einmal seinen Großvater vor seinem inneren Auge vor sich, wie dieser versuchte, andere Leute zum Heiraten zu zwingen?

Sein Großvater lächelte. „Ich habe nicht gesagt, dass ich das tun werde, aber ich denke über einige Dinge nach. Ich werde mich bald zur Ruhe setzen und bin es leid sein, ins Büro zu gehen. Wahrscheinlich werde ich die Zügel all der Unternehmen in die Hände von euch Jungen legen. Ihr könnt mit ihnen machen, was ihr wollt. Ich werde einen Haufen Zeit haben. Ich betrachte lediglich meine verschiedenen Möglichkeiten, all meine Optionen."

Talbert schenkte ihm ein äußerst merkwürdiges Lächeln, eines, das Beck sagte, dass sein Gehirn am Arbeiten war, als er zwinkerte und dann fortging.

„Wenn du einen der anderen siehst, sag ihnen, dass wir in zwanzig Minuten abfahren."

Sein Großvater hob eine Hand und winkte, ohne sich noch einmal umzudrehen und gab ihm so zu verstehen, dass er ihn gehört hatte. Beck blickte seinem Großvater nach und fragte sich, was in aller Welt er vorhatte.

KAPITEL SIEBZEHN

Die nächsten Wochen vergingen und Mollie zog sich zurück. Sie hatte sich selbst dazu gezwungen. Sie wusste, dass es ihr auch so das Herz brechen würde, wenn Beck fortging und dass er gehen würde, stand für sie außer Zweifel. Es war nicht schwer gewesen, sich zurückzuziehen, denn Beck hatte das Gleiche getan.

Es war, als hätte er nach ihrem Gespräch entschieden, dass ihnen mehr Distanz guttun würde. Oh, sie verbrachten immer noch Zeit in der Nähe des anderen; sie arbeiteten immer noch miteinander. Sie standen nach wie vor morgens auf und tranken ihren Kaffee, aber sie waren beide distanzierter und zurückhaltender. Die zweite Hälfte der drei Monate war angebrochen und sie begannen, sich darauf vorzubereiten, dass sie getrennter Wege gehen würden. Sie arbeiteten hart und ihr war bewusst, dass er dafür sorgte, dass alles für sein Verschwinden aus ihrem Leben bereit war. Sie erkannte das jetzt. Seine Herzensgüte ließ es nicht zu, sie unvorbereitet zurückzulassen; alles musste perfekt sein.

Der Pfirsichgarten war fertig. Die Bewässerung funktionierte und in naher Zukunft würde sie einen lebendigen Pfirsichgarten haben. Sie hatte alle Geräte, die sie brauchte, um ihn zu pflegen und wie er ihr erklärt hatte, würde sie die Mittel haben, um Leute einzustellen, die ihr bei Bedarf halfen.

Dann hatte er seine Aufmerksamkeit auf das Gebiet gerichtet, über dessen Eignung als Anbaufläche für Wein er schon früher spekuliert hatte. Und hatte sich an die Arbeit gemacht. Er hatte den Traktor benutzt, den neuen Traktor, den er gekauft hatte und der gerade groß genug war, um die Arbeit zu erledigen, die er erledigen musste und mit dem sie gut würde umgehen können. Zu dem Traktor gehörten mehrere Anhänger und sie hatte gar nicht erst gefragt, was er gekostet hatte. Sie konnte ihn zurücksetzen und einen Anhänger ankoppeln, ohne sich die Hände schmutzig zu machen. Etwas Raffinierteres hatte sie noch nie gesehen und er hatte ihr beigebracht, wie man ihn bediente. Er bereitete sie vor. Es waren jene Momente, wenn er ihr beibrachte, wie man Dinge bediente, die sie gegen das Verlangen ankämpfen ließen, dass sie überkam. Die Sehnsucht, ihn einfach küssen zu können, ihre Arme um ihn zu legen und ihn für immer festhalten zu können und ihn zu bitten, nicht zu gehen. Sie verbrachte ganze Nächte ohne Schlaf; stets stand sie am nächsten Morgen mit dem festen Entschluss auf, ab diesem Tag unabhängig zu sein und sich nicht nach ihm zu verzehren. Sie weigerte sich, bedürftig zu sein. Sie würde auf eigenen Beinen stehen; sie würde ihn gehen lassen. Sie würde mit hocherhobenem Kopf die Gelegenheit nutzen, mit der er sie gesegnet hatte. Am Ende würde das, was für ihn eine ungelegene Ehe gewesen war, ein Segen für sie sein; so wie sie es ursprünglich geplant hatten.

Sie arbeiteten am Weinberg, pflügten die Felder, besorgten die Setzlinge und pflanzten sie. Eine lästige Aufgabe, das Pflanzen beschäftigte sie tagelang. Anschließend waren Todd und Ginny herübergekommen und hatten ihnen gute Ratschläge in Bezug auf alles erteilt, was sie taten. Das war der Moment gewesen, in dem Beck gesagt hatte, dass sie ihr ein Angebot unterbreiten wollten. Sie hatten ihr angeboten, das Land und die Pflanzen zu pachten, und dass sie ihre Leute herüberschicken würden, um sie zu unterhalten. Sie würden ihr einen äußerst großzügigen Preis zahlen als Pacht für das Land und die Ernte der Trauben, sie selbst würde sich um nichts kümmern müssen. Jeden Monat würde Geld hereinkommen, sodass sie über ein erstes Einkommen verfügte. Sie unterbreiteten ihr noch ein zweites Angebot: sie erklärten, es würde eine Weile dauern, bis die Trauben wuchsen – einige Jahre – doch sie würden das Land gern bereits pachten, während die Reben noch jung waren. Mollie würde das Geld bekommen und sie würden sich um die Trauben kümmern und ihr alles beibringen. Im Gegenzug würden sie für einige Jahre die Trauben bekommen, wenn diese erst einmal wuchsen und man sie ernten konnte und später würde sie sie dann übernehmen. Es war ein tolles Angebot. Sie war sich nicht einmal sicher, ob es für die beiden überhaupt einen Gewinn einbrachte.

Irgendwie war ihr klar, dass es mit diesem Angebot noch etwas auf sich hatte. Aber sie sagte nichts. Sie hatte es hier mit den McCoys zu tun und die hatten ihre eigene Art, die Dinge anzugehen. Doch sie nahm das Angebot an – Beck hatte ihr geraten, das zu tun und nun hatte sie ein regelmäßiges Einkommen und konnte entspannter in die Zukunft blicken. Es würde ihm auch helfen, entspannter zu sein, das wusste sie und betrachtete das als ihr Hauptziel: Wenn er wegging, sollte er wissen, dass es ihr gut gehen würde.

Sie ignorierte ihre panische innere Stimme, die sie wieder und wieder aufforderte, ihm ihre wahren

Gefühle zu offenbaren und ihn zu bitten zu bleiben.

Sie hörte nicht auf diese Stimme. Sie war eine starke, unabhängige Frau, die viel durchgemacht hatte und sich weigerte, sich so zu benehmen.

* * *

In zwei Wochen würde ihre Ehe Geschichte sein. In der letzten Woche war Beck häufiger geflogen. Er hatte Tag und Nacht gearbeitet, um alles für sie fertigzustellen, bevor er ging. Nun war alles erledigt; mehrere verschiedene Projekte würden für ihr Einkommen sorgen. Er hoffte, dass sie alles würde bewältigen können. Er hatte ihr gegenüber betont, dass sie durch die Verträge mit Todd und Ginny über ausreichend Geld verfügte, um Hilfe einzustellen, wenn sie sie benötigte. An jenem Abend wäre sie beinahe sauer auf ihn geworden, sie hatte ihm gesagt, dass er sich keine Sorgen um sie zu machen brauchte, dass sie in der Lage war, auf sich selbst achtzugeben. Dass es ihr ohne ihn gut gehen würde.

Nach diesem Gespräch hatten sie sich eine Weile nur angestarrt und er hatte gewusst, dass er sie loslassen musste. Ihr würde es an nichts fehlen. Er hatte es nicht noch einmal angesprochen und doch verkrampfte sich sein Magen jedes Mal, wenn er daran dachte. Sie war ihm wichtig, er wusste, dass sie ihm wichtig war, aber wem war Mollie auch unwichtig? Sie war unglaublich. Aber das war es eben auch: Sie war ihm wichtig und er wollte sicherstellen, dass es ihr gutging.

Als er am späten Freitagabend nach Hause kam, war sie bereits ins Bett gegangen. Er starrte ihre Tür an und wünschte sich, sie wäre noch wach gewesen. Wünschte sich, sie hätten an diesem Abend noch ein paar Worte wechseln können.

Als er am nächsten Morgen erwachte, war sie nicht im Haus. Er ging auf die Veranda hinaus und hielt nach ihr Ausschau. Als er sie nicht entdeckte, ging er über den Hof zur Scheune und um die Ecke des Ziegenstalls. Er fand sie auf dem Boden sitzend und das Ziegenbaby, das sie so gern hatte, in den Armen haltend. Dasjenige, das so winzig gewesen war, aber endlich begonnen hatte, ein wenig zu wachsen. Sie sah auf, als er um die Ecke bog und für einen winzigen Moment sah er Schmerz in ihren Augen. Er war sofort wieder verschwunden und an seiner Stelle sah er ein entschlossenes Feuer in ihren schönen Augen brennen.

Er wollte, dass sie entschlossen war; wollte, dass sie Erfolg hatte. Er wollte Feuer und Eis in ihr sehen, wollte wissen, dass es ihr gut gehen würde. Er wollte nicht diesen verletzlichen Menschen sehen, der sie gewesen war, als er sie in der Tanzhalle kennengelernt hatte. *Die Frau, die ihn gebraucht hatte…* Seine Gedanken verfingen sich darin. Sie konnte es nicht gebrauchen, ihn zu brauchen. Daran gewöhnte er sich besser. *War es das, was ihm zu schaffen machte?*

„Guten Morgen. Ich bin letzte Nacht spät nach Hause gekommen. Ich habe ein paar Leute nach Washington State geflogen, dort auf sie gewartet und sie dann abends wieder zurückgebracht. Eine tagesfüllende Aufgabe."

„Ja, das ist es wohl. Eine gute Möglichkeit wegzukommen."

Ihr Ton verriet ihm, dass sie an das Gespräch über den Wohltätigkeitsball dachte und seine Aussage, dass er Flüge annahm, wenn er nicht zu einer Veranstaltung gehen wollte. In letzter Zeit hatte er immer längere Flüge gemacht. Mollie hatte ihn durchschaut, aber sie wollte deswegen nichts sagen und er wollte das auch nicht.

„Wie geht es der Kleinen?"

„Sie wächst. Nächste Woche zieht sie in ein neues Zuhause."

Erschüttert sah er sie an. „Du hast sie verkauft?"

„Ja." Sie nickte. „Aus diesem Grund besitze ich all diese Tiere. Ich kann mich nicht an sie binden. So arbeiten Geschäftsfrauen nicht. Außerdem habe ich sie an eine gute Familie verkauft. Sie haben Kinder, die sie vergöttern werden und sie wird sehr geliebt werden. Deswegen genieße ich gerade noch ein wenig ihre Liebe und mache sie dann fertig. Sie wird ein paar Tage traurig sein – und ich auch. Wir werden beide ein bisschen umeinander trauern, aber sie wird mich vergessen, wenn diese süßen Kinder anfangen, mit ihr zu spielen. Sie wird eine tolle, große, schöne Weide zum Laufen und Spielen haben und eine Menge Gras. Es wird toll sein. Also, ja, ich habe sie verkauft. Bald kommen neue Tierbabys und ich kann sie einfach nicht alle behalten."

Sein Herz krampfte sich zusammen. Er wusste, dass sie ihre Worte mit Bedacht gewählt hatte. Sie bereitete sich vor. Er musste das Gleiche tun. „Ja, ich verstehe, was du sagst. Es wird das Beste für sie sein. Wahrscheinlich wäre sie eifersüchtig, wenn die neuen Babys kommen."

„Kann sein. Aber über solche Dinge kommt man hinweg."

Er schaute über die Weiden, zu den Kühen und Kälbern, was sicherer war, als sie anzusehen. Er entdeckte Sally, die zwischen den Kälbern herumwanderte. „Es wird nicht mehr lange dauern bis es an der Zeit ist, deine Kälber zu verkaufen. Wenn du das tust, wirst du Geld auf dem Konto haben. Du hast eine Menge Kälber."

„Das wird erst nächsten Monat der Fall sein."

„Du weißt, wenn du Hilfe benötigst, kannst du mich anrufen."

„Ich werde dich nicht brauchen. Ich habe mich vorbereitet und bereits Rufus engagiert, um mir mit dem Transport zu helfen. Er wird mit seinem Anhänger kommen und sie aufladen. Und dann bringen wir sie zur Auktion. Ich war schon einmal auf einer Auktion. Ich weiß, was ein guter Preis ist." Sie wandte den Blick ab. Die Ziege versuchte, ihr übers Gesicht zu lecken.

Er fühlte einen Knoten, ein Gefühl der Schwere in seinem Inneren, das er nicht erwartet hatte. „Es freut mich, dass du Erfolg haben wirst, Mollie Mae McCoy." Er hatte seinen Nachnamen benutzt, doch ihm fiel ein, dass sie gesagt hatte, nach der Scheidung würde sie wieder ihren alten Namen annehmen. Sie würde nur noch zwei Wochen lang Mollie Mae McCoy sein.

Bald würde sie wieder Mollie Mae Darling sein. *Warum verursachte ihm das ein so schlechtes Gefühl im Magen?* „Ich werde das Bewässerungssystem überprüfen", sagte er. „Willst du mitkommen?"

„Nein danke. Das überlasse ich dir. Ich werde auf die andere Seite des Grundstücks gehen… du weißt schon, da wo die Schlucht ist. Ich habe über Beeren nachgedacht. Dort drüben wachsen viele von ihnen und sie wachsen wild. Ich möchte sie mir gern anschauen. Ich habe überlegt, dass das ein weiteres Projekt werden könnte. Diese Farm hier, die du mir geholfen hast aufzubauen, wird eine verdammt gute Farm werden, Beck McCoy. Ich werde Beeren und Pfirsiche und Erdbeeren verkaufen. Ich möchte anbieten, dass die Leute selbst herkommen und das Obst pflücken können, wenn sie das wollen. Ich habe über verschiedene Arten des ökologischen Landbaus nachgedacht. Ich bin ein Mädchen vom Land, das es liebt, aus den verschiedensten Beeren Marmelade zu machen. Wie auch immer, ich werde hinausgehen und einen Blick darauf werfen."

„Das klingt nach einer großartigen Idee und du bist wirklich ein Landmädchen… ein verdammt gutes Landmädchen – das Beste. Willst du, dass ich mit dir komme?"

„Nein. Ich kann das alleine machen. Überprüfe du, was wir bereits getan haben."

Sie starrten einander an. Sie nabelte sich von ihm ab. „Okay. Sehen wir uns beim Mittagessen?"

„Ja, beim Mittagessen. Wir sehen uns beim Mittagessen."

Sie erschien nicht zum Mittagessen. Er beschloss,

nicht nach ihr zu suchen, da sie eindeutig mehr Raum gebraucht hatte und er ohnehin zu einem Treffen in seinem Haus musste.

Cal Emerson, der Anwalt der Familie, würde ihn dort treffen, um ihm die Scheidungspapiere zu übergeben. Beck hatte ihn nicht hier auf der Ranch treffen wollen. Das hätte sich nicht richtig angefühlt.

Nichts an dieser Scheidung fühlte sich richtig an. Es fühlte sich einfach an wie etwas, das eben getan werden musste.

Er ließ seinen Blick über das Anwesen schweifen und unterdrückte den Wunsch, mit Mollie zu sprechen. Er stieg in seinen Truck und fuhr zu seiner Ranch. Seinem Zuhause. Das Problem bestand darin, dass es sich nicht länger wie sein Zuhause anfühlte.

* * *

Als Beck, der nach dem Erhalt der Scheidungspapiere verärgert und deprimiert war, nach Hause kam, war es bereits sechs Uhr. Die Sonne schien schon schwächer, es ging auf den Sonnenuntergang zu, der spektakulär auszufallen versprach. Als er den Motor abstellte, wusste er gleich, dass Mollie nicht zu Hause war. Der Geländewagen parkte nicht neben der Scheune und ihre Arbeitsstiefel standen nicht an der Tür, wo sie sie stets ließ, um nicht den Schmutz in die Küche zu tragen.

Dieses Mal zögerte er nicht, er machte sich auf die Suche nach ihr. Mehrmals rief er sie auf dem Handy an, aber sie ging nicht dran. Er war bereits schlechter Stimmung und ihre Abwesenheit ging ihm gegen den Strich. Er setzte seinen Truck in Bewegung und fuhr über das Gelände in Richtung Schlucht. Wenn sie ihn nicht bei sich haben wollte, dann war das in Ordnung, aber sie sollte ihn zumindest darüber informieren, dass sie lange arbeitete. Er hatte darüber nachgedacht, dass sie alleine hier draußen war und schon eine Weile alleine arbeitete, und es fraß ihm ein Loch in den Bauch.

Er erreichte die Gegend, in der die Schlucht das Ranchland durchquerte. Sie war tief und breit, mit Gestrüpp und Büschen bewachsen und fiel an einigen Stellen steil ab bis zu dem Bach, der in der Mitte dahinfloss. Im Moment führte er nur wenig Wasser, aber wenn die Flüsse über die Ufer traten, wurde es gefährlich. Er fuhr die überwucherte Straße entlang, die nur wenig genutzt wurde, und fragte sich, wo sie war. Seine Besorgnis wich Erleichterung, als er schließlich ihren Geländewagen im hohen Gras entdeckte.

Rasch verließ er den Truck, als er sie nirgendwo

sah. Er joggte zu ihrem Wagen hinüber, zog sein Handy heraus und rief sie erneut an. Während der Fahrt hatte er Caroline angerufen, aber sie hatte nichts von Mollie gehört. Er hate niemanden beunruhigen wollen, aber er hatte wissen müssen, ob sie sich vielleicht an seine Schwester gewandt hatte.

Er vernahm das Klingeln ihres Handys aus dem Geländewagen und als er nähertrat, entdeckte er es auf dem Boden des Fahrzeugs. Sein Herz sank, als er es sah. Die ganze Zeit über hatte sie kein Telefon bei sich gehabt.

Becks Mund wurde trocken. Als er das Telefon in die Hand nahm, zitterten seine Finger.

„Mollie!" Er begann, nach ihren Fußspuren zu suchen. Innerhalb von Sekunden wusste er, dass etwas nicht stimmte.

Sein Telefon klingelte. „Beck, hier ist Jesse. Caroline sagt, du suchst nach Mollie. Hast du sie gefunden?"

Beck war kein Mann, der leicht in Panik geriet, aber nun stand er kurz davor. Jesse war jahrelang der Sheriff von Stonewall gewesen, bevor er diesen Job an den Nagel gehängt hatte, um eine Jungsranch zu übernehmen und Caroline zu heiraten. „Das habe ich nicht, Jesse. Ihr Geländewagen steht hier draußen bei der Schlucht und ihr Telefon lag darin. Ich wollte dich und die anderen gerade anrufen. Ich brauche euch hier draußen. Kannst du alle zusammentrommeln? Mollie wird vermisst."

Außer seinem Großvater hatte er alle angerufen und innerhalb einer Stunde waren von seinen Brüdern, seiner Schwester und seinen Cousins alle aufgetaucht, die in der Stadt waren, um bei der Suche nach Mollie zu helfen. Das bedeutete ihm viel. Morgan und Amber waren verreist und Denton war auf Tour, wobei Blaze ihn begleitete. Jesse war hier, mit all seiner Erfahrung als Sheriff und organisierte alles für eine ausgedehnte Suche.

Sie hatten sich alle zusammengefunden, um Jesse zuzuhören, als Beck den Truck seines Großvaters entdeckte, der über die Weide gefahren kam. Er kam nicht in seiner Limousine, sondern in seinem Truck. Als der Wagen zum Stehen kam, kletterte sein Großvater vom Fahrersitz. Er trug Jeans und Stiefel, ein langärmeliges Hemd und seinen Cowboyhut und sah aus als wäre er bereit, sich in die Schlacht zu stürzen.

„Warum hat mich niemand angerufen? Ich bin ins Diner gefahren, um Kuchen zu kaufen und Dixie war vor lauter Aufregung drauf und dran, einen Anfall zu bekommen. Sie hat mir erzählt, dass sie mitbekommen hat, dass Mollie vermisst wird und dass ihr euch alle hier versammelt habt, um nach ihr zu suchen."

Beck nickte. „Ja, Sir. Als ich nach Hause kam, konnte ich sie nirgends finden. Ihr Geländewagen parkte hier draußen, wo sie gearbeitet hat. Ihr Telefon befand sich im Auto, aber sie selbst ist nirgends zu sehen. Ich habe bereits mehr als zwei Stunden nach ihr gesucht."

„Nun, ich bin vielleicht alt, aber ich bin nicht zu alt, um bei der Suche nach meiner Schwiegertochter zu helfen. Also, stellt ihr diese Suche auf die Beine und sagt mir, was ich tun soll. Und wo zum Teufel sind der Sheriff und seine Männer?"

Jesse meldete sich zu Wort. „Komm schon, Talbert, entspann dich. Sie wird erst seit ein paar Stunden vermisst. Es gab einen Unfall auf dem Highway, sie werden kommen, sobald sie können. Ich bin hier und wir haben ausreichend Hilfe, um loszulegen. Später wird uns ein größerer Suchtrupp zur Verfügung stehen, aber im Moment möchte ich nicht, dass die Leute alles zu Tode trampeln. Es gibt viel Unterholz und ich möchte, dass wir die Suche organisiert angehen. Uns bleibt nicht viel Tageslicht, also kommt näher.

Wir werden in Zweierteams gehen. Die Schlucht ist dicht bewachsen, deshalb wird die eine Hälfte von uns die eine Seite der Schlucht hinuntergehen und die übrigen nehmen sich die andere Seite vor. Und Talbert, ich weiß, dass du auch dort hinunterwillst, aber du wirst hier oben bleiben. Du wartest hier, falls sie auftaucht. Oder für den Fall, dass du den Geländewagen die Schlucht entlangfahren musst, falls wir sie schneller herausbringen müssen. Verstehst du? Keine Alleingänge, in Ordnung?"

Beck erkannte die Verärgerung in den Augen seines Großvaters darüber, dass er nicht an der eigentlichen Suche und Rettung in der Schlucht beteiligt sein würde. Doch Beck wusste, dass das, was sie von ihm verlangten, äußerst wichtig war. Das Letzte, was sie gebrauchen konnten, war, dass sich sein Großvater in der Schlucht verletzte; dort ging es steil bergab und an einigen Stellen konnte man leicht das Gleichgewicht verlieren. Er befürchtete, dass so etwas auch Mollie passiert sein könnte, dass sie irgendwo lag, ohnmächtig und auf seine Hilfe angewiesen.

„Großvater, du wirst hier gebraucht." Er sagte die Worte leise, aber bestimmt.

Sein Großvater beruhigte sich. Er war es gewohnt, Verantwortung zu übernehmen, Dinge auf seine Weise zu tun, doch diesmal würde er sich nicht durchsetzen. „Okay. Ich bleibe hier, aber ihr habt alle eure Telefone an und bereit. Und wenn ihr etwas seht, dann lasst es mich wissen."

Beck nickte. „Das werden wir. Sieh du, dass du deine Notfallnummern parat hast. Weißt du, wie man das Ding fährt?"

„Ich bin noch nie auf ein Fahrzeug gestoßen, das ich nicht fahren konnte, mein Sohn."

„Okay, dann kommt, lasst uns aufbrechen. Ich will nicht, dass Mollie im Dunkeln da unten ist." Sein Bauchgefühl sagte ihm, dass etwas Schreckliches passiert war. Er hatte noch keinen Partner. Morgan und Amber waren nicht da und Holly war bei den Kindern geblieben. Allie hatte ihre bei Holly abgesetzt und würde mit Wade gehen. Ash hatte noch keinen Partner, also würde sich Beck mit Ash auf die Suche machen. Darüber war er froh, denn Ash war Tierarzt und das war fast so gut wie ein Arzt, oder?

Sie schwärmten aus; sie betraten die Schlucht mit einem gewissen Abstand und machten sich dann auf den Weg. Ash und Beck begannen am weitesten vorn in der Schlucht, dort, wo er zuletzt seine Suche abgebrochen hatte. Die anderen würden hinter ihnen gehen, für den Fall, dass er und Ash etwas übersehen hatten.

Mit Ash ging er den steilen Kamm hinunter. Je weiter sie gingen, desto rauer und steiler wurde es, und er wusste, dass sich das Bachbett mit der Zeit verbreitete. Die Schlucht würde schließlich immer weiter werden und der dann breitere Bach in den Fluss münden, aber diese Stelle war weit von der Schlucht entfernt. Im Gegensatz zum Gebiet der McCoys, das näher am Fluss lag, befand sich Mollies Grundstück weiter entfernt davon, sie lag sogar ein gutes Stück davon entfernt. Überraschung durchfuhr ihn, als er aufblickte und sah, dass Sally sich ein Stück vor ihnen langsam einen Weg den Hang hinabbahnte.

„Wo ist sie nur? Sieh mal, sogar ihr Esel macht sich Sorgen um Mollie." Er starrte Ash an und fühlte sich, als würde seine Welt um ihn herum zusammenbrechen.

„Halte durch, Bruder", sagte Ash. „Du musst für sie durchhalten."

„Ash, ich kann nicht…" Gefühle verstopften ihm den Hals und er wusste, dass er Mollie nicht verlieren konnte. Er hatte sich in den letzten anderthalb Monaten, seit dem Tanz, etwas vorgemacht… seit sie angefangen hatten, sich voneinander zu distanzieren und sich auf seine Abreise vorzubereiten. Er hatte sich eingeredet, dass er weggehen *konnte* – dass er weggehen *würde*. Jetzt klangen ihre Worte in seinem Kopf nach. Sie hatte mehrfach gesagt, dass sein Großvater eines Tages nicht mehr da sein würde und er es bereuen würde, ihn verloren zu haben. Er verstand ihre Worte jetzt, nur ging es nicht um seinen

Großvater, es ging darum, Mollie zu verlieren. *Hatte er Mollie verloren?*

Er brauchte Mollie. „Ash, ich kann sie nicht verlieren. Wir müssen sie finden." Mit diesen Worten setzte er sich in Bewegung und begann zu schreien und ihren Namen zu rufen.

* * *

Es war dunkel, als Mollie versuchte, sich aufzusetzen. Ihr tat alles weh und ihre Haut brannte. Sie blinzelte in die Dunkelheit und fragte sich, wo sie war.

Sie versuchte erneut, sich aufzusetzen und ein Stöhnen entrann ihr. Sie erkannte, dass sie in einem Loch lag. Angst durchfuhr sie. *Was hatte sie getan?* Langsam wurden ihre Gedanken klarer und sie erinnerte sich, dass sie nach Trüffeln gesucht hatte.

Sie hatte eine Ablenkung gebraucht. Sie war bei den wilden Beeren gewesen, als eine Erinnerung in ihr aufgestiegen war. Ihr Großvater hatte ihr gesagt, dass die Schlucht verborgene Schätze enthielt. Verborgene Schätze, für die die Leute viel Geld bezahlten. Wenn nur jemand die Zeit aufbringen würde, in die Schlucht hinabzusteigen und sie auszugraben. Ihr war wieder eingefallen, dass er ihr gezeigt hatte, wie man Trüffel fand. Die Restaurants zahlten viel Geld dafür.

Und so hatte sie beschlossen, nach ihnen zu suchen.

Es war schon lange her gewesen und sie hatte sich an die Arbeit gemacht. Sie hatte nicht damit gerechnet, wie steil der Hang sein würde. Ihr war aufgefallen, dass sie sich wahrscheinlich an der falschen Stelle befand, denn ihr Großvater wäre niemals mit ihr an diesem steilen Hang herumgeklettert; er hätte einen sichereren Weg gewählt. Plötzlich war ihr Fuß weggerutscht und dann in einer Ranke hängengeblieben, sie war unsanft gestürzt, durch Beerenreben und Steine gerutscht und war dann durch die Luft geflogen. Das war das Letzte, woran sie sich erinnerte.

Jetzt war es dunkel. Sie befand sich in einem Loch. Als sie nach Hilfe rief, hallten ihre Worte von den Wänden wieder. *War sie in eine Höhle gefallen?* Diese Hügel waren von Höhlen durchsiebt. Sie rief erneut. Und kämpfte gegen die Angst an. Entsetzen packte sie. Sie mochte keine dunklen Orte. Sie wollte nicht darüber nachdenken, was hier unten bei ihr sein mochte. Sie hatte niemandem gesagt, wohin sie gehen würde. Sie fuhr mit der Hand in ihre Tasche und stellte fest, dass ihr Handy nicht da war. Wahrscheinlich hatte sie es verloren, als sie den Hang hinuntergerollt war. Sie steckte in schrecklichen Schwierigkeiten.

Sie schloss die Augen. Sie wusste, dass Beck ihr zu Hilfe kommen würde. Er würde nach Hause kommen und feststellen, dass sie nicht da war; er würde erkennen, dass der Geländewagen verschwunden war und dann würde er kommen und sie suchen.

Sie lauschte auf Geräusche, die ihre Angst noch vergrößern würden, wie das Rasseln einer Klapperschlange. Zum Glück hörte sie nichts. Sie begann zu beten – sie betete darum, dass nur sie hier unten war und sie betete dafür, dass Beck sie bald finden würde.

* * *

Der Sheriff und seine Leute waren gekommen und sein Großvater hatte noch weitere Helfer hinzugezogen. Aber Beck war nicht aus der Schlucht herausgekommen. Er wusste, dass weitere Leute kamen, aber es wurde immer dunkler unter den Bäumen, es wurde langsam gefährlich. Seine Stimme begann, ihm Probleme zu bereiten. Ash ging es genauso. Seine Familie gab alles und sie alle hielten untereinander Kontakt. Er hatte ihnen gesagt, sie sollten auf ihre Sicherheit achten und sich nicht in Gefahr bringen und doch waren sie alle hier, auch seine Schwägerinnen und seine Schwester. Die McCoys ließen einen der ihren nicht im Stich. Das hatte ihm Caroline zu verstehen gegeben. Beck hatte beinahe die Fassung verloren, als sie das gesagt hatte. Und doch hatte er Mollie beinahe aufgegeben. Er war bereit gewesen, sich von ihr scheiden zu lassen, nur um seinem Großvater gegenüber recht zu behalten. Er war ein Trottel. Ein riesiger Trottel.

Erneut rief er ihren Namen: „Mollie!" Die Worte kamen mehr wie ein Knurren heraus. Dann zwang er sich zu einem weiteren Schrei. Seine Stimme brach, er hatte seine Stimmbänder überbeansprucht. Sie hatten nicht viel mehr als eine halbe Meile zurückgelegt, aber das Auf und Ab dauerte ewig. Das Laub war spröde und er und Ash waren beide zerkratzt. Er machte sich Sorgen um seine Schwägerinnen und Caroline. Sorge erfüllte seine Gedanken.

„Hast du das gehört?", fragte Ash und Beck blickte zu ihm. Beide blieben stehen.

„Was?"

„Ruf ihren Namen", sagte Ash.

Er hatte nichts gehört; sein Gehirn war zu sehr von Sorgen beansprucht gewesen. Diesmal schrie er ihren Namen so durchdringend und laut er konnte und wartete dann.

„Beck."

Ein Wort – er hatte es gehört. Es klang wie aus weiter Entfernung und schien doch aus der Nähe zu kommen.

Beck und Ash gingen bergab und schauten nach unten. Sally stürmte den Hügel hinunter an ihnen vorbei.

„Ich höre sie. Sie klingt nah und doch fern. Ash, ich denke sie ist irgendwo unter der Erde."

„Höhlen." Ash starrte ihn an.

„Ja!" Beck blieb stehen. *Höhlen*. Hill Country war voller Höhlen. Manchmal waren sie nur Löcher im Boden. Er hörte es erneut, hörte, wie sie seinen Namen rief. Er begann zu rufen. Er schaltete die Taschenlampe seines Handys an und er und Ash begannen, den Boden abzusuchen.

„Ash, ruf die anderen an und besorg uns stärkere Lampen – sie haben doch welche mitgebracht, oder?"

„Ja, wir holen die anderen her und Lampen."

Plötzlich begann Sally vor ihnen laut zu iahen.

Beck stürmte vorwärts und entdeckte, dass der kleine Esel in ein Loch starrte. Beck ließ sich auf den Boden fallen und blickte in das dunkle Loch, das Sally gefunden hatte. „Mollie, bist du da unten?"

Und dann hörte er die süßesten Worte, die er jemals gehört hatte.

„Beck, ich bin hier."

* * *

Mollie starrte in die Dunkelheit und erblickte dann ein schwaches Licht. Es war nicht sehr weit über ihr, vielleicht etwas über anderthalb Meter. Zum Glück war das Loch nicht tiefer, andernfalls wäre sie wahrscheinlich kaum noch in der Lage, sich zu bewegen. Und zum Glück war sie nicht auf steinigem Untergrund gelandet, sondern auf lockerer Erde. Gegen das Licht konnte sie Beck nicht sehen, aber sie vernahm seine Stimme, spürte seine Anwesenheit und wusste, dass alles gut werden würde. Er forderte sie auf, sich nicht zu bewegen und durchzuhalten, er würde zu ihr herunterkommen. Kurz darauf hörte sie aufgeregte Stimmen, Leute, die ihren Namen riefen. Sie hörte, wie Caroline sie aufforderte, Ruhe zu bewahren und durchzuhalten. Sie hörte Allie und Ginny und all die anderen Stimmen, die sie liebgewonnen hatte. Aber vor allem hörte sie Beck.

Mit einem Seil unter den Armen ließ er sich in die Höhle hinab und ließ sich das letzte kurze Stück fallen. Er hatte sie bereits gefragt, ob es ihr gut gehe, ob sie verletzt sei, und sie hatte erwidert, sie sei zerkratzt und alles täte ihr weh, aber sie glaubte nicht, dass etwas gebrochen sei. Als sie ihn vor sich sah, griff sie nach ihm – sie schlang ihre Arme um seine Taille und hielt sich an ihm fest. Auch wenn sie sich mit aller Macht dagegen sträubte, begann sie zu weinen. Nachdem sie zu sich gekommen war und festgestellt hatte, dass sie in ein Loch gefallen war, hatte sie gedacht, dass er sie vielleicht nicht finden würde. Doch das hatte er.

„Mollie, ich dachte, ich hätte dich verloren. Komm schon, wir holen dich aus diesem Loch heraus. Wir machen dich etwas sauber und bringen dich nach Hause."

Sie nickte, unfähig etwas zu sagen. Ash sprang zu ihnen herunter, während Beck das Seil unter Mollies Arme wand und gemeinsam hoben sie sie hoch, sodass Jesse, Todd und Wade nach ihr greifen und sie aus dem Loch ziehen konnten. Sofort wurde sie von all den Menschen umschwärmt, die sie liebte, sogar Sally war da. Ihr Herz schwoll an. Vor drei Monaten hatte sie niemanden gehabt. Ihr Großvater war gestorben und sie hatte niemanden gehabt. Und jetzt, zumindest in diesem Moment, hatte sie diese wundervolle Familie. Während ihr alle erzählten, wie froh sie waren, dass sie am Leben war, zogen die Jungs Beck aus dem Loch.

Sofort nahm er sie in seine Arme. „Okay, alle miteinander, lasst sie uns zum Geländewagen und dann zum Krankenwagen bringen."

Sie legte ihren Kopf an seine Schulter, zu erschöpft, um zu sprechen und überwältigt. Als sie den

Ausgang der Schlucht erreichten, entdeckte sie Talbert McCoy, der bei ihrem Geländewagen wartete. Sie waren wahrscheinlich mehr als eine halbe Meile von den Beerenreben entfernt, und er hatte den Wagen hierhergefahren und wartete auf sie. Andere Trucks standen in der Nähe.

Talbert fuhr den Geländewagen herüber; er streckte die Hand aus, tätschelte ihr Bein und drückte es sanft. „Liebling, ich bin froh, dass du in Sicherheit bist. Jetzt bringen wir dich zu einem Krankenwagen."

Beck war mit ihr eingestiegen und hielt sie in seinen Armen. Alle sagten, sie würden sie im Krankenhaus treffen. Großvater legte den Gang ein und schoss mit ihnen über die Weide. Er verschwendete keine Zeit und brachte sie unverzüglich zurück zum Haus, wo ein Krankenwagen bereitstand.

Innerhalb von Augenblicken wurde sie hineinbugsiert und Beck stieg mit ihr ein. Man schloss die Tür, während Talbert sie beobachtete und ihr sagte, dass er auf direktem Weg ins Krankenhaus fahren würde. Beck dankte seinem Großvater und sagte ihm, er würde ihn dort sehen. Ihr Herz machte einen Sprung in ihrer Brust, als sie sah, dass es keine Feindseligkeit mehr zwischen ihnen zu geben schien. Beck tat beinahe so, als wäre nie etwas zwischen ihm und seinem Großvater geschehen und sie hoffte, dass sie all das hinter sich gelassen hatten. Andererseits hatte sie viel Zeit zum Nachdenken gehabt, als sie dort auf dem harten Boden gesessen hatte. Nur noch etwas mehr als zwei Tage – wenn man die Nacht mitzählte – und es würde nichts mehr geben, weswegen er auf seinen Großvater sauer sein konnte: er würde geschieden sein und sein Leben fortführen können.

Er drückte ihre Hand. Der Rettungssanitäter untersuchte sie und legte ihr eine Sauerstoffmaske übers Gesicht, sodass sie nicht mehr sprechen konnte. Sie war sowieso zu müde, um zu reden. Sie würden später reden. Sie lehnte sich zurück, bettete ihren Kopf auf das Kissen und schloss die Augen.

* * *

Der Arzt wollte sie zur Beobachtung dabehalten. Sie hatte sich beim Sturz den Kopf angeschlagen und ihr Körper war von Kratzern und Blutergüssen und ein paar Schnitten vom Sturz übersäht. Ihr tat alles weh, daher hatte sie nichts gegen ein paar Schmerzmittel und eine Beschränkung ihrer Besucher auszusetzen gehabt. Beck war die ganze Zeit an ihrer Seite gewesen, er hatte ihre Hand gehalten und schrecklich besorgt dreingeschaut. Sie war sich im Moment nicht sicher, wie sie sich fühlen sollte. Der Arzt hatte gesagt, dass sie womöglich unter einem milden Schock litt. Beck war deswegen voller Sorge gewesen. Der Arzt hatte ihm mitgeteilt, dass sie Ruhe brauchte und er hatte genickt und dann zugestimmt. Aber er hielt ihre Hand und hatte ihr versprochen, dass sie reden würden, wenn alles vorüber war.

Die Medikamente machten sie schläfrig und sie schlief ein, während Beck noch ihre Hand hielt und ihr sagte, sie solle sich entspannen und alles würde gut werden – alles würde großartig werden. Sie war sich nicht sicher, was in ihrer Infusion gewesen war, aber als sie einschlief, fühlte sie sich tatsächlich ziemlich gut. Doch sie wusste, dass das nur daran lag, dass das Schmerzmittel seine Wirkung entfaltete; sie wusste, dass sie der folgende Tag der Scheidung einen Tag näherbringen würde und dass die Ärzte nichts tun konnten, um ihr durch diesen Schmerz zu helfen.

Als sie am nächsten Tag erwachte, war Beck zum Glück noch immer an ihrer Seite und schlief auf einem Stuhl. Sie lag in ihrem Krankenhausbett und genoss es, ihn anzusehen. Nach dem morgigen Tag würde sie das nicht mehr tun können. Als die Krankenschwester hereinkam, um ihren Blutdruck und ihre Temperatur zu messen, erwachte Beck und sprang erschrocken auf die Beine. Sie konnte ein Kichern nicht unterdrücken. Er sah so müde aus; wahrscheinlich war er gerade eben erst weggedriftet, unfähig noch länger wach zu bleiben. Sie wusste, dass Beck sich Sorgen machte und nach ihr sah, auch wenn sie bald nicht mehr sein Problem sein würde.

„Guten Morgen Sonnenschein." Sie lächelte ihn an. Sie fühlte sich schon besser. Oh, sie hatte immer noch Schmerzen, aber ihr Kopf war klar und sie war dankbar dafür, dass sie sich nichts gebrochen hatte – dankbar dafür, dass er und seine Familie sie gefunden hatten.

Er ließ sich auf den Stuhl sinken, nachdem die Krankenschwester aus dem Weg gegangen war und nahm ihre Hand. „Guten Morgen."

Seine Stimme sandte wie so oft einen Schauer durch sie hindurch, sein Anblick tat das Gleiche.

„Ich denke, ich werde heute entlassen. Es geht mir bereits viel besser, das verdanke ich dir und deiner Familie, denn ihr habt mich gefunden."

„Mollie, ich sollte dich gestern nicht aufregen. Aber, Mollie, du kannst nicht irgendwo herumlaufen ohne dein Handy mitzunehmen. Und alleine in diese Schlucht hinunterzugehen… das hättest du nicht tun sollen. Jemand muss wissen, wo du dich befindest. Ich war so besorgt – nein, ich hatte Angst, dass dir etwas Schreckliches passiert war und das war es auch. Du hattest solches Glück."

Er belehrte sie so, als würde er sich wirklich um sie sorgen und das erfüllte sie mit Traurigkeit. „Beck, ich werde alleine leben. Ich werde nicht jedes Mal jemanden anrufen, wenn ich etwas auf meiner Ranch machen möchte – so funktioniert das einfach nicht. Ich habe einen Fehler gemacht und mein Handy vergessen. Ich dachte, es wäre in meiner Gesäßtasche."

„Ich weiß, du bist es gewohnt, allein zu sein, aber das kannst du nicht tun. Du musst mir Bescheid sagen."

Ihre Brauen zogen sich zusammen und als die Krankenschwester den Raum verließ, entzog sie ihm ihre Hand. „Beck, ich bin äußerst dankbar, dass du gekommen bist und mich gefunden hast, aber ab morgen wirst du nicht mehr mein Ehemann sein. Ich werde dich nicht jedes Mal anrufen, wenn ich etwas erledigen muss."

Er nahm erneut ihre Hand. „Mollie, hör mir zu. Mollie, ich liebe dich. Ich habe es gestern bemerkt, als ich dich nicht finden konnte und dachte, ich hätte dich verloren. Ich war entsetzt. Und ich dachte an all das, was du zu mir gesagt hast, daran, wie sehr ich es bereuen würde, wenn Großvater etwas geschehen würde und ich mich nicht mit ihm versöhnt hätte. Aber ich habe nicht an Großvater gedacht – sondern an dich. Unser Gespräch kam mir wieder in den Sinn und sein

Inhalt, den du mir beharrlich vor Augen geführt hast. Mollie, ich liebe dich. Ich kann mir kein Leben vorstellen, in welchem du nicht bei mir bist."

Sie konnte sich nicht bewegen. Er hatte gerade die Worte gesagt, nach denen sie sich sehnte, von denen sie träumte. Die Worte, von denen sie gedacht hatte, dass sie alles seien, was sie sich auf der Welt nur wünschen konnte. Doch sie unterdrückte mit aller Macht das Verlangen, ihm ebenfalls zu sagen, dass sie ihn liebte. Er tat das nur aus dem Bedürfnis heraus, auf sie aufzupassen. Aus Sorge und der Befürchtung, sie könne es allein nicht schaffen. Nun, das konnte sie.

Sie sah ihn an. „Beck, ich weiß, dass das schwer ist und ich weiß, dass ich dich erschreckt habe. Und das tut mir wirklich leid. Ich weiß, dass ich dir wichtig bin. Aber wahrscheinlich liebst du mich nicht. Ich meine, wenn es den Unfall gebraucht hat, dich glauben zu lassen, dass du mich liebst, dann kenne ich dich gut genug um zu wissen, dass du wahrscheinlich nur durcheinander bist und auf mich aufpassen möchtest, weil du dich dazu verpflichtet fühlst."

So war es. Sie kannte Beck; sie wusste, wie sein Verstand funktionierte, und das entsprach sicher der Wahrheit. Wie sollte sie jemals wissen, ob er sie liebte oder sich nur verpflichtet fühlte? Das konnte sie nicht.

„Mollie, ich liebe dich. Ich wusste, dass du mir

wichtig bist, aber ich habe noch nie jemanden so geliebt – ich habe dieses Gefühl noch nie empfunden. Und du hattest recht – ich war so wütend auf Großvater und hätte dich beinahe verloren, weil ich dir nicht sagen wollte, dass ich dich liebe, weil ich auf meinen Großvater wütend war. Wow, das kann ich selbst kaum glauben. Gestern habe ich eine zweite Chance bekommen. Mir ist aufgegangen, dass ich den größten Fehler meines Lebens begehen würde, wenn ich dich aus der Tür und aus meinem Leben gehen ließe. Ich bin gestern mit den Scheidungspapieren in der Hand nach Hause gekommen, aber ich habe die Unterlagen letzte Nacht in Stücke gerissen. Ich möchte nicht, dass unsere Ehe endet."

Sie schüttelte den Kopf; sie konnte ihm nicht glauben. „Beck, du weißt nicht, wie sehr ich diese Worte hören wollte. Wie sehr ich dachte, ich würde alles tun, um diese Worte von dir zu hören. Dass du mich liebst. Aber das kann ich nicht zulassen. Ich würde nie wissen, ob du mich jemals wirklich geliebt hast. Ich würde mich immer insgeheim fragen, ob du es nur getan hast, weil du dachtest, ich könnte es nicht allein schaffen. Und weißt du was – ich kann es alleine schaffen.

Jeder kann einen Unfall haben, und ich denke, das gestern war ein Unfall. Ich bin ein sehr verantwortungsbewusster Mensch und hatte trotzdem einen Unfall. Aber ich kann mein Leben nicht in Angst leben und ich werde nicht ständig Leute anrufen und ihnen mitteilen, wo ich bin. Wenn ich irgendetwas auf meinem Grundstück machen möchte, dann werde ich das tun. Und Beck, du musst dich nicht länger für mich verantwortlich fühlen. Du hast getan, was du versprochen hast – du hast mir geholfen, mich einzurichten und mir diese wunderbare Farm gegeben, auf der ich leben und meinen Lebensunterhalt verdienen und weitere Möglichkeiten und Träume verwirklichen kann. Ich will dich nicht, weil du dich schuldig fühlst. Ich brauche dich nicht."

Die Worte kamen ihr nur schwer über die Lippen. Denn die Wahrheit war, sie brauchte ihn dringend. Aber sie wollte ihn nicht auf der Basis von Schuldgefühlen.

Er erhob sich, noch immer ihre Hand haltend und ohne sie loszulassen. „Mollie, ich sage dir, ich habe noch nie etwas in meinem Leben mit größerer Aufrichtigkeit gesagt. Du bist meine Frau und die, die ich will. Das sage ich nicht aus Schuldgefühlen heraus. Das sage ich nicht, weil ich denke, dass du es nicht allein schaffen kannst, denn ich weiß, dass du das kannst. Ich habe von Anfang an an dich geglaubt. Ich liebe dich." Er drückte ihre Hand und bückte sich, um sie auf ihre Fingerspitzen zu küssen. „Und du liebst mich. Du musst es nur sagen und das Leben mit mir teilen, dass wir beinahe aufgegeben hätten."

So gern wollte sie ihre Arme um ihn werfen; sie wollte ihn festhalten und ihn niemals wieder gehenlassen. Sie spürte Tränen in sich aufsteigen. Er setzte sich äußerst sanft auf die Kante ihres Bettes; er beugte sich soweit herab, dass er sie direkt ansehen konnte. Sie brachte kein Wort heraus, sie konnte kaum atmen. Sie wollte davonlaufen, aber sie lag in einem Krankenhausbett; im Moment war an weglaufen nicht zu denken. Er streckte seine Daumen aus und wischte sanft über ihre Wangen und ihr fiel auf, dass ihr Tränen aus den Augen strömten.

„Beck, ich möchte nicht, dass du es jemals bereust, mich geheiratet zu haben. Du musst dich von mir scheiden lassen."

Sanft legte er seine großen Handflächen um ihr Gesicht. Sein Blick hielt ihren, als er sich nach vorn beugte und ihre Lippen küsste. Es war ein sanfter, süßer Kuss, der ihr schmerzendes Herz ergriff. Sie erwiderte den Kuss nicht.

Er zog sich zurück und unterbrach den Kuss. „Bitte sag mir, das du mich liebst."

Sie schüttelte den Kopf. Das würde sie nicht sagen. Er musste fortgehen; sie musste ihn gehen lassen.

Er lächelte. „Mollie, du kannst mich nicht anlügen. Ich weiß, du liebst mich. Ja, ich bin arrogant, wenn ich das sage, aber das tust du und du weißt, dass du es tust. Und wenn ich auf die Knie gehen und um Gnade winseln muss, dann werde ich das tun." Und mit diesen Worten ließ er sich auf die Knie sinken. Er hielt immer noch ihre Hand. „Mollie Mae McCoy, ich verspreche dir, dass ich morgen die Scheidungspapiere unterschreiben werde, wenn du das willst. Und ich werde dich gehen lassen, wenn ich muss. Aber ich frage dich jetzt, mit gesenktem Knie und aufrichtigem Herzen... ich liebe dich und ich bitte dich, meine Frau zu sein. Willst du mich heiraten? Wirst du mir gestatten, dich für den Rest deines Lebens zu lieben? Wirst du mir gestatten, an deinem Leben teilzuhaben? Ich kann es kaum erwarten zu sehen, was du mit deiner Farm machen wirst. Und das meine ich von ganzem Herzen."

Ihr Herz zog sich zusammen und sie wollte so gern stark sein. Doch als sie ihn ansah und seine schönen Augen ihren Blick suchten, da glaubte sie ihm.

„Sag mir, du liebst mich."

„Ich liebe dich, Beck McCoy. Ich habe dich beinahe von dem Moment an geliebt, als ich dich kennengelernt habe. Ich möchte nur nicht, dass du jemals bereust…" Mehr bekam sie nicht heraus. Er war vom Boden aufgestanden und küsste sie ausdauernd, bestimmt und gefühlvoll. Sie schlang ihre Arme wie immer um seinen Hals und erwiderte den Kuss.

Ein wenig später zog er sich zurück und lehnte seine Stirn an ihre. „Ich bin so dankbar für dich."

Mollie spürte, wie diese nutzlosen Tränen ihr erneut in die Augen traten. *Hatte ihr jemals jemand gesagt, dass er dankbar für sie war? Meine Güte, sie liebte diesen Mann.* „Und ich bin dankbar für dich. Und sehr gesegnet."

Die Tür öffnete sich und der Arzt kam herein. Sie blickten ihn an; er lächelte. „Nun, Sie beide sehen aus, als wären Sie drauf und dran, aus dem Krankenhaus zu verschwinden. Sie sehen gut aus – ich meine, Sie haben natürlich ein paar Kratzer, aber es geht Ihnen gut. Alle Ihre Vitalwerte sind gut, deshalb werden wir Sie entlassen. Da draußen ist ein Warteraum voller Leute, die es kaum erwarten können, dass Sie herauskommen, damit sie Ihnen alles Gute wünschen und Sie mit nach Hause nehmen können."

Beck grinste sie an. „Glaub mir, der Umstand,

dass ich dich nicht gehen lasse, wird viele Menschen dort draußen sehr glücklich machen."

Sie lächelte ihn von ganzem Herzen an. „Sie können nicht glücklicher sein als ich. Ich war mir nicht sicher, ob ich es schaffen würde, mich von euch allen zu verabschieden."

„Los, Doc, entlassen Sie sie. Wir müssen feiern."

„Ja, das müssen Sie. Während Sie beide wieder das tun, was Sie zuvor getan haben, werde ich mich um die Papiere kümmern. Und ich werde die netten Leute im Wartezimmer wissen lassen, dass sie Sie in wenigen Minuten sehen können."

Sobald er aus der Tür war, setzte sich Beck wieder auf die Seite des Bettes, nahm ihre Hand und küsste den Ring auf ihren Ringfinger. Dann sah er sie an. „Wir werden dir einen weiteren Ring besorgen. Einen Für-Immer-Ring. Und ich dachte, wir könnten eine richtige Hochzeit veranstalten – du weißt schon, eine zu der die ganze Familie kommen kann und bei der wir unsere Gelübde gemeinsam vor allen anderen ablegen. Diesmal nicht, weil wir es müssen, sondern weil wir es unbedingt wollen."

Sie grinste. „Ich denke, das ist eine brillante Idee."

Und dann beugte er sich vor und küsste sie erneut.

Über die Autorin

Der Name der zeitgenössischen Bestseller-Autorin Hope Moore ist das Pseudonym einer preisgekrönten Autorin, die in Texas lebt und von Cowboys umgeben ist. Sie liebt es, Liebesromane und Happy Ends zu verfassen. Ihre herzerwärmenden Liebesromane sind voller schöner Helden, die es zu lieben gilt und wagemutiger Frauen, die ihre Herzen gewinnen.

Wenn sie nicht gerade schreibt, versucht sie hartnäckig, nicht zu kochen, da sie von Erdnussbuttersandwiches, Kaffee und Käsekuchen leben könnte. Seit sie schreibt, ist sie kaum noch in sozialen Medien präsent, aber sie LIEBT ihre Leserinnen und Leser, also melde dich für ihren Newsletter an und sichere dir die kostenlose Kurzgeschichte DIE WAHRE LIEBE IHRES MILLIARDENSCHWEREN COWBOYS.

MILLIARDENSCHWEREN COWBOYS, die Vorgeschichte ihrer Western Liebesgeschichten-Serie der McCoy Milliardärsbrüder!

Dieses Buch ist nur für Newsletter-Abonnenten erhältlich und ist die süße Liebesgeschichte von J.D. McCoy, dem geliebten Großvater der Brüder. Du wirst außerdem Leseproben ihrer Abenteuer, zusammen mit Sonderangeboten und neu veröffentlichten Büchern erhalten.

Bitte kopiere diesen Link und füge ihn in deinen Browser ein, um dich anzumelden: https://www.subscribepage.com/cowboyromantik